Ein Mädchen entdeckt im Rotlichtviertel von Amsterdam ganz unerwartet das berauschende Gefühl sexueller Freiheit. Eine Kinokartenabreißerin träumt sich aus ihrem Leben heraus und in die unbegrenzten Möglichkeiten der Filme hinein. Ein Fotograf besucht seine alte schottische Heimat und lernt von einer Neunjährigen, auf Dächer zu klettern und Steine übers Wasser springen zu lassen … Unbändige Lebenslust spricht aus den Erzählungen der schottischen Autorin Ali Smith, die Freude an der Entdeckung der Welt, die Begeisterung über Worte und ihre Kraft, der Rausch des Aufbruchs und der erwachenden Sehnsucht, das unglaubliche Glücksgefühl, Liebe zu finden. Und wie gut es ist, eine Frau zu sein.

ALI SMITH wurde 1962 in Inverness in Schottland geboren und lebt in Cambridge. Sie hat mehrere Romane und Erzählbände veröffentlicht, ist Mitglied der Royal Society of Literature und wurde 2015 zum Commander of the Order of the British Empire ernannt. Für »Freie Liebe und andere Geschichten« wurde sie 1995 mit dem Saltire First Book Award ausgezeichnet. Inzwischen hat sie zahlreiche weitere renommierte Preise erhalten, zuletzt 2015 den Baileys Women's Prize for Fiction.

ALI SMITH BEI BTB
Die Zufällige. Roman (73869)
Die erste Person. Erzählungen (74421)
Im Hotel. Roman (71311)

ALI SMITH

Freie Liebe und andere Geschichten

Aus dem Englischen
von Silvia Morawetz

btb

Die Originalausgabe erschien 1995 unter dem Titel
»Free Love and Other Stories« bei Virago Press, London.

Die Arbeit an der vorliegenden Übersetzung wurde durch
ein Stipendium des Landes Niedersachsen gefördert.

MIX
Papier aus verantwor-
tungsvollen Quellen
FSC® C014496

Verlagsgruppe Random House FSC® N001967

1. Auflage
Deutsche Erstausgabe
Genehmigte Taschenbuchausgabe April 2017
btb Verlag in der Verlagsgruppe Random House GmbH, München
Copyright © der Originalausgabe 1995 Ali Smith
Copyright © der deutschsprachigen Ausgabe 2017
Luchterhand Literaturverlag und btb Verlag
in der Verlagsgruppe Random House GmbH,
Neumarkter Straße 28, 81673 München
Umschlaggestaltung: semper smile, München
Umschlagmotiv: © Thomas Barwick/Getty Images
Satz: Uhl + Massopust, Aalen
Druck und Einband: GGP Media GmbH, Pößneck
CP · Herstellung: sc
Printed in Germany
ISBN: 978-3-442-71355-4

www.btb-verlag.de
www.facebook.com/btbverlag
Besuchen Sie unseren LiteraturBlog www.transatlantik.de

Für Sarah, für Margaret,
für Hardy und für Wood

Inhalt

Freie Liebe

Mein erstes Mal war mit einer Prostituierten in Amsterdam. Ich war achtzehn, und sie hieß Suzi, und viel älter als ich dürfte sie nicht gewesen sein. Ich war schlecht gelaunt mit dem Fahrrad in der Stadt herumgefahren und eher zufällig ins Rotlichtviertel geraten; es war das angenehmste Rotlichtviertel, in das ich mich je verirrt habe. Die Frauen sitzen hier auf Stühlen in mit Fellen und Stoffen dekorierten Fenstern, die Brüste nackt, manchmal auch mehr, dünne Morgenmäntel und Federboas um die Schultern gebreitet. Es dauerte, bis ich kapierte, dass sie mich nicht deshalb so mürrisch und finster anblickten, weil ich glotzte, sondern weil ich keine Kundschaft war.

Es war Abend, und ich war allein mit dem Fahrrad losgezogen. In einer schmalen Gasse war ich stehen geblieben, um mir meinen Pullover überzuziehen, und dabei war mein Rad umgekippt und die Kette herausgesprungen. Ich lehnte es an eine Hausmauer, damit ich besser an die Kette herankam, und da fielen mir die Karten auf, die an der Tür steckten. Es waren mehrere auf Englisch darunter, auf einer hieß es: Du brauchst Entspannung? Hier findest du sie. Ohne Zeitdruck. Läute bei Becky. Auf einer anderen stand: Unschlagbaren Service bietet Dieter. 2. Stock. Auf wieder einer anderen stand etwas über Uniformen und über Dominanz, daneben ein gezeichnetes Schulmädchen. Ich kicherte noch in mich hinein über die Schildchen, als ich ganz unten eines sah in winziger Schrift und verschiedenen Sprachen, Niederländisch,

Französisch, Deutsch, Englisch und irgendwas Östliches; die englische Zeile verhieß Liebe für Männer und Frauen, Suzi, 3. Stock. Das und war unterstrichen.

Da ließ ich mein Rad an der Hauswand stehen und ertappte mich dabei, dass ich die Treppe hinaufstieg; an einer Tür im dritten Stock steckte dieselbe Karte, und an die klopfte meine Hand an. Für den Fall, dass ich wieder weg wollte, hatte ich eine Ausrede parat, wollte sagen, ich hätte mich verlaufen und ob sie mir den Weg zur Jugendherberge beschreiben könne. Doch sie machte die Tür auf und war so nett, dass ich sie sofort sympathisch fand und kein bisschen Angst hatte.

Die Wohnung bestand aus einem Zimmer mit angrenzendem Bad, ein paar Stühlen, dem Bett und einer Küchenecke, die mit einem Vorhang aus roten Kugelschnüren abgeteilt war wie auf Fotos aus den Sechzigern. An der Wand hing ein Poster des Leadsängers von a-ha, die in Europa gerade schwer angesagt waren, und sie sagte, er gefalle ihr, weil er ein Mann sei, aber aussehe wie eine Frau. Ich weiß noch, dass ich das sehr aufregend fand, etwas Derartiges so frei heraus gesagt zu hören war für mich völlig neu. Ich komme aus einer Kleinstadt; eines Abends waren meine Freundin Jackie und ich in einem Pub, und auf der anderen Seite saßen auch zwei Mädchen an einem Tisch; sie sahen ganz normal aus, eigentlich noch normaler als wir, hatten lange Haare und waren stark geschminkt, und als ich hinlinste, weil ich wissen wollte, was für Schuhe sie trugen, entdeckte ich, dass die eine ihren Fuß aus den hochhackigen Schuhen gezogen hatte und der anderen damit unter dem Tisch übers Schienbein strich. Das war sehr mutig, wenn ich jetzt daran zurückdenke; die beiden wären wahrscheinlich zusammengeschlagen worden, hätte jemand das mitgekriegt. Damals machte ich nur Jackie darauf aufmerksam, und sie sagte etwas in der Richtung, wie ekelhaft das sei, ich stimmte ihr wohl sogar zu, ich wollte nie anderer Meinung sein als sie.

Die Prostituierte sprach Englisch mit amerikanischem Akzent. Sie habe eine Stunde, sagte sie, ob mir das genüge, und obwohl ich keinen Schimmer hatte, sagte ich, ja, glaub schon. Ich zeigte ihr meine Hände, die von dem Rad ganz ölig waren, und sagte, ich sollte sie mir vielleicht waschen, und sie drückte mich auf einen der alten Sessel, kam mit einem Lappen und einer Waschschüssel wieder und wusch und trocknete sie mir. Dann machte sie Folgendes: Sie legte meine Hand auf ihren Mund und fuhr mit der Zunge zwischen meine Finger, dort, wo meine Finger aus der Hand kommen, schob sie vor und zurück und machte das bei allen so. Schon davon flog mir fast der Kopf weg.

Sie gab mir eine Tasse sehr starken Kaffee und ein Glas Rotwein, sagte, ich solle mir selber aus der Flasche nachschenken, die sie auf dem kleinen Beistelltisch neben dem Sessel stehen ließ, legte dann die Arme um meinen Hals und küsste mich, öffnete meine Kleider und zog mir die Jeans aus, und ich saß da und staunte. Sie nahm meine Hand und führte mich zum Bett, schlug nicht einmal die Decke zurück, es war August und warm, und hinterher zeigte sie mir, was ich umgekehrt bei ihr machen sollte, obwohl ich mir das schon vorstellen konnte. Schließlich sah sie erst auf die Uhr und dann mich an, lächelte und zuckte die Achseln. Wir zogen uns wieder an, ich holte meine Brieftasche heraus und blätterte die Gulden durch, doch sie legte die Hand auf meine und klappte die Brieftasche zu. Es ist umsonst, sagte sie, das erste Mal sollte immer frei sein, und als sie mich zur Tür brachte, fragte sie, ob ich lange in Amsterdam sei und ob ich noch einmal wiederkäme. Das würde ich sehr gern, sagte ich und stieg so benommen die Treppe hinunter, dass ich, als ich unten ankam, auf mein Rad stieg und losfahren wollte, keine Sekunde lang an die abgesprungene Kette dachte und mir fast das Kinn am Lenker aufgeschlagen hätte. Ich schob das Rad also zur Jugendherberge zurück, vorbei an den mit Laub gesprenkelten Kanälen, in denen die Spiegelbilder der hohen Gebäude schwappten, und fand, dass das Leben voller Wunder war, voller Möglichkeiten. Ich blieb stehen, lehnte mich aufs Geländer und sah mir an, wie die Abendsonne aufs Wasser traf, wie beide sich schimmernd trennten und wieder zusammenflossen, mit ein und derselben Bewegung, in ein und demselben Moment.

In der Jugendherberge machte mir Jackie die Kette wieder drauf. Wir waren seit der Schule befreundet, sie war eine Klasse über mir gewesen, und auch wenn wir nun studierten, waren wir Freundinnen geblieben. Wir hatten uns das Sommergeld für diese Reise zusammengespart. Ich hatte seit Ende Juni in dem Souvenirladen auf dem Campingplatz bedient, und sie hatte in der Touristeninformation am Schalter für die Bed-and-Breakfast-Buchungen gestanden; viel hatten wir zwar nicht verdient, aber es reichte für die Hin- und Rückfahrt mit dem Nachtbus nach Amsterdam.

Damals war Jackie blond und jungenhaft und golden. Eines Tages war sie mir aufgefallen, als sie auf der Mauer am Haupteingang der Schule saß, und ich dachte, sie sieht aus wie in gelbes Licht getaucht, so als hätte ein feines, sanftes Feuer sie rundherum angesengt. Bei einer Party, wir saßen in einer dunklen Ecke, hatte Jackie mich angestupst und nur mit ihrem Blick auf einen hübschen, verwegen aussehenden Jungen aufmerksam gemacht, der auf einer Couch gegenüber lümmelte und uns beobachtete, und mir ins Ohr geflüstert: Siehst du den? Heute Abend brauche ich bloß zu lächeln, weißt du, mehr ist nicht nötig.

Das hatte mich sehr beeindruckt, und später hielt ich ihr den Kopf, als sie sich, weil sie Bier und Wein durcheinandergetrunken hatte, auf der Toilette im Obergeschoss übergeben musste; anschließend saßen wir auf der Treppe und lachten über das Mädchen, deren Party es war und die das Erbrochene der anderen mit einem dieser kleinen Autostaubsauger aufsaugte; von da ab waren wir Freundinnen. Keine Ahnung, warum sie mich mochte, ich glaube, weil ich ruhig und dunkelhaarig war und von allen für klug gehalten wurde. Ich fand Jackie sehr schön, für mich sah sie aus wie Jodie Foster, in die ich damals verknallt war, nur noch besser. Das hatte ich schon gedacht, als wir noch zusammen zur Schule gingen, und dachte es auch zu der Zeit, obwohl Jodie Fosters Filmkarriere gerade an einem Tiefpunkt angelangt war.

Solche Gedanken hatte ich seit Jahren, und es wurde immer schwieriger, sie für mich zu behalten. Im Grunde hatte ich keine Wahl. Als wir in Amsterdam angekommen waren und Jackie sah, dass dort Leute dicke Brocken Hasch auf der Straße verkauften, war sie moralisch empört, so war sie eben. Aber der Nachtbus hatte mir einen tollen Vorwand dafür geliefert, den Kopf an ihre Schulter zu lehnen, die Nase in ihr blondes Haar zu drücken und mich schlafend zu stellen, weswegen ich an unserem ersten Tag in Amsterdam sehr müde war und wie in Trance herumlief. Das ist es mir wert, sagte ich mir.

Jackie hatte gleich mit einem Jungen aus Edinburgh angebandelt, den wir in der Küche der Jugendherberge kennengelernt hatten; Alan und sie waren schon dicke Freunde, und er hatte sie für diesen Abend zu einem Turnier eingeladen, bei dem er als Schwertkämpfer mitmachte; deswegen war ich mit lausiger Laune in die Stadt geradelt. Nach meiner Rückkehr in die Jugendherberge hatte ich blendende Laune, aber nun war Jackie, die doch nicht zum Schwertkampf gegangen war, eingeschnappt, weil ich aus irgendeinem Grund glücklich war und ihr nicht sagen wollte, wo ich gewesen war.

Von Stund an konnte nichts mir meine Ferien verderben, es machte mir nichts mehr aus. Und von Stund an war Jackie ungewöhnlich nett zu mir; das war verwirrend, denn wir waren zwar beste Freundinnen, gifteten uns aber die meiste Zeit ziemlich an. Am nächsten Tag lieh sie sich auch ein Fahrrad, und wir fuhren an den Kanälen und den dicht an dicht parkenden Autos entlang, tranken Bier und aßen Eis unter Café-Sonnenschirmen, besuchten das Van-Gogh-Museum und das Rembrandthaus und das Rijksmuseum voller altniederländischer Bilder, wir gingen in einen Laden, in dem man dabei zusehen konnte, wie sie Schuhe machten. Am nächsten Tag fuhren wir mit den Rädern zu einer modernen Kunstgalerie; dort hatten sie im Untergeschoss eine Raumskulptur, bei der Leute, die als Gesichter Uhren hatten, an einer Bar saßen. Wir schlenderten eine Weile durch die Galerie, und oben verlor ich Jackie aus den Augen und schlummerte auf einer Holzbank ein. Als ich aufwachte, saß sie dicht neben mir, den Arm auf meiner Schulter. Ich richtete mich auf, und sie rückte nicht weg; wir saßen da und schauten auf das Bild, vor dem ich eingenickt war, ein riesiges Rechteck aus roter Farbe mit einem dünnen Streifen Blau auf der linken Seite. Jackie drückte ihr Bein fest an meines. Gefällt dir das?, fragte sie, den Blick zum Bild, und ich sagte ja, und sie schlug vor, dass wir jetzt gemeinsam die Heineken-Brauerei besichtigen sollten.

In der Heineken-Brauerei bekommt man bei einem Rundgang gezeigt, wo und wie das Bier gebraut wird, die verschiedenen Stadien des Brauvorgangs, die Abfüllung des fertigen Biers in Flaschen, das Aufkleben der Etiketten und die Auslieferung an die Kunden. Bei jeder Station bekommt man ein großzügiges Glas Bier, und die Teilnehmer des Rundgangs rufen Cheers oder Prost und trinken es aus. Dann geht es in den Verwaltungstrakt, wo es noch mehr Bier gibt. Nach dem Rundgang durch die Brauerei waren wir so betrunken, dass wir keinen Meter mehr hätten fahren können und unsere Räder in einem Park an einen Baum lehnen und uns auf dem Rücken ins Gras legen mussten, wo wir grundlos kicherten und in den Himmel schauten. Nicht dass wir noch nie zuvor beide betrunken gewesen wären, aber dieses Mal war es irgendwie anders, und wir saßen am späten Nachmittag im Gras, und ich erzählte Jackie alles, was ich seit Jahren fühlte, und sie sah mich getroffen an, als ob ich sie geschlagen hätte, und sagte, genau dasselbe habe sie auch gefühlt. Dann legte sie die Arme um mich und küsste mich auf den Mund, den Hals und die Schultern, wir küssten uns, mitten in Amsterdam, und niemand nahm Notiz davon. Auch als die Nachwirkung des Heineken vorbei war, blieb die des Nachmittags erhalten, bis zum Ende des Urlaubs, und ich ging, bei ihr untergehakt, durch die Straßen, Jackie streckte nachts in der Jugendherberge im Stockbett unter mir den Arm aus und drückte die Hand an meinen Rücken, wir hielten in einem Raum voller Schlafender im Dunkeln Händchen. Sehr romantisch. Amsterdam war sehr romantisch. Wir fotografierten uns gegenseitig auf dem Fischmarkt, irgendwo habe ich das Foto noch. Wir gingen Bootfahren auf einem See und knipsten uns gegenseitig beim Rudern.

Am Tag vor unserer geplanten Abfahrt fuhr ich unter dem Vorwand, ein Geschenk besorgen zu müssen, aber allein, mit dem Rad noch einmal in das Rotlichtviertel und ließ mein Rad wieder unten an der Haustür stehen. Diesmal musste ich eine halbe Stunde warten. Suzi erinnerte sich an mich, das weiß ich genau, denn hinterher setzte sie sich auf, lächelte, verwuschelte mir die Haare und sagte, es ist schade, Liebling, aber das zweite Mal musst du bezahlen. Es war gut, aber nicht so gut wie beim ersten Mal, und es kostete mich ein Vermögen. Und außerdem musste ich ja ein Geschenk für Jackie besorgen; ich weiß noch, es war teuer, erinnere mich aber nicht mehr, was ich ihr schließlich gekauft habe. Ich glaube, einen Ring.

Als wir wieder zu Hause waren, konnten wir natürlich nicht mehr Arm in Arm durch die Straßen gehen, aber ein wenig Zeit schnappten wir uns doch, trafen uns nach der Arbeit hinter den Häusern ahnungsloser Leute, in Gassen und Durchgängen zwischen Garagen, auf der Ladefläche des Vans ihres Vaters, der im Dunkeln am Fluss abgestellt war. Sonst ging es nur bei ihr oder mir zu Hause im Wohnzimmer, wenn die anderen schon im Bett waren, auf dem Fußboden oder auf der Couch, und immer musste eine der anderen den Mund zuhalten, wenn uns beiden der Atem stockte.

Richtig liebten wir uns das erste Mal in der Damentoilette auf dem Busbahnhof, als wir von Amsterdam zurückkamen; die Hände unter den Kleidern, gegen die Wand und die abgesperrte Tür gelehnt, in den Minuten, bevor ihr Vater eintraf und uns und unsere Rucksäcke nach Hause fuhr. Es war eines der aufregendsten Dinge, die ich in meinem ganzen Leben getan habe, auch wenn Jackie es immer als unser schäbiges erstes Mal bezeichnete. Ungefähr einen Monat später ging ich an der Touristeninformation vorbei und sah durchs Schaufenster Jackie, die im Hinterzimmer mit dem Jungen knutschte, der auf den Touristenbooten im Kaledonischen Kanal arbeitete. Das fand ich wesentlich schäbiger, wie ich mich erinnere. Andererseits ist schäbig ein relativer Begriff; jemand, der uns dabei beobachtet hat, wie wir eines Abends im Theater zwischen den Sitzen Händchen gehalten haben, fand es so schäbig, dass er es unseren Müttern in anonymen Briefen mitteilte. Wir mussten uns ganz schön anstrengen, um es abzustreiten, aber damals hat es uns noch enger zusammengebracht. Wir mussten dem Anonymus dankbar sein. Kürzlich wohnten Jackie und ich noch einmal eine Zeitlang in derselben Stadt, und wir waren immer nett zueinander, wenn wir uns gelegentlich über den Weg liefen. Zumindest das sind wir uns schuldig, das wissen wir beide.

Ich aber datiere den Beginn meiner ersten Liebe auf jenen August in Amsterdam, und wir waren mit Unterbrechungen über fünf Jahre zusammen, bevor wir endgültig losließen. Von Zeit zu Zeit denke ich noch daran, und dann sehe ich als Erstes immer vor mir, wie die Sonne auf dem Wasser einer fremden Stadt tanzt, sich trennt und wieder verschmilzt, und ich sehe mich selber dort, mittendrin und frei, berauscht von der Luft und vor mich hin lachend, ein breites Grinsen im Gesicht und die Brieftasche in meiner Hose noch voller sauberer neuer Scheine.

Eine Geschichte vom Falten und Entfalten

Mein Vater sitzt im Schlafzimmer an der Rückseite des Hauses auf dem Bett, streicht mit der einen Hand leicht über das erhabene Muster des Chenille-Überwurfs, der über die Steppdecken gebreitet ist, und hat eine Frauenunterhose in einem sehr hellen Rosa in der anderen. Um vier Uhr nachmittags brennt im Zimmer schon Licht.

Das Zimmer riecht sauber und luftig, irgendwie nach Talkumpuder. Es hat eingebaute Kleiderschränke, in denen, öffnet man sie, ordentlich aufgehängte Kleidung zum Vorschein kommt, die passenden Schuhe jeweils paarweise darunter auf dem Schrankboden. Es gibt auch eingebaute Fächerkommoden, diese hier ist voller Geschenke, die von Freunden und von den Kindern stammen; die auf der einen Seite warten auf ihren Einsatz, die auf der anderen Seite sind für eine sinnvolle Wiederverwertung als Geschenke für Freunde und andere Verwandte bestimmt. In einer anderen liegen Fotoalben, die, beginnend mit dem ersten, über vierzig Jahre abbilden. Neben dieser Kommode hängt ein Spiegel, um den ringsherum Kinderfotos angeordnet sind, die mit den Ecken in dem dünnen Spalt zwischen Glas und Rahmen klemmen. Auf dem Frisiertisch vor dem Spiegel Parfümflaschen, eine Brille und Lederhandschuhe, die noch die Form der Hände bewahren, die sie trugen. In einer Schublade liegen Schmuckkästchen, kleine Plastikkästchen mit dem Schriftzug *Silvercraft* auf dem Deckel, darin Halsketten, Broschen und Ringe, lagenweise an Watte geschmiegt; für alle Fälle sind die Kästchen unter einer

Zeitschrift namens *Annabel*, Ausgabe Neujahr 1977, versteckt. Das Titelblatt verheißt die Jahreshoroskope.

Zu beiden Seiten des Doppelbetts, auf dem mein Vater sitzt, stehen Nachttische. Auf dem einen ein Radiowecker und ein noch akkurat aufgereihter Vorrat an Krimis und Angelbüchern, auf dem anderen drei kleine Tablettendosen, die, wenn man sie aufschiebt, in mehrere Fächer unterteilt sind. Daneben stehen Tropfen und Tabletten in Fläschchen aus Plastik, unterschiedliche Größen nebeneinander wie bei einem Architekturmodell für ein kompliziertes Gebäude. Jeder Nachttisch hat eine Lampe für sich, und auf dem mit den Plastikfläschchen liegt neben der Lampe noch die Steuereinheit für eine Heizdecke.

Zwei Kommodenschubladen sind herausgezogen, die eine weiter als die andere. In der mittleren liegen Haarbürsten und Kämme und eine Kollektion von Lippenstiften. Diese Schublade riecht angenehm, wächsern und sehr intensiv nach Make-up. Man sieht und riecht in dem Zimmer die, die es gerade verlassen und im Gehen noch das Kosmetiktuch mit dem Abdruck ihrer Lippen zusammengeknüllt und in den Papierkorb aus Blech geworfen hat; ihre Bewegung durch den Raum hat die Luft umgeschichtet wie eine Brise bei feuchter Witterung, aber es ist Winter, und das große Licht brennt, macht das Zimmer grell, und mein Vater sitzt auf dem Bett und sieht auf seine Füße oder den Boden.

Die Hose, die er in der Hand hat, ist glatt, die Bügelfalte ist noch erkennbar. In der herausgezogenen Schublade unter der mit den Lippenstiften und Bürsten liegt Damenunterwäsche, und auf dem Bett rings um meinen Vater ist noch mehr davon ausgebreitet, Damenschlüpfer von Marks and Spencer, glatte Baumwolle in Pastellfarben, hellem Blau, Rosa und Pfirsich, kleine wackelige Stöße, aufs Geratewohl herausgeholt, sauber, weich vom Tragen und Waschen. Mein Vater hat große, derbe Finger, die dunkel aussehen im Vergleich zu der zarten rosa Hose, die er hält; er wirkt, als sei es ihm gar nicht bewusst, dass er sie in der Hand hat. Er schaut auf seine Füße. Neben den Unterhosen, die wie freundliche Farbtupfer um ihn herumliegen, sieht er ganz deplaciert aus, wie ein Bauernbursche in einem Roman von Thomas Hardy, der ein Mädchen anschmachtet, das er nicht haben kann und dem er auf dem mit Wiesenblumen übersäten Hang nur die eine hinhält, die er gepflückt hat, weil er nicht weiß, was er sagen soll.

In der offenen Schublade liegen noch andere Schlüpfer, weiß, etwas größer und länger, die dem Leib mehr Halt geben und aus einem Material bestehen, das glänzt, wenn das elektrische Licht darauffällt. Mein Vater hebt den Blick vom Boden zur Schublade und wendet sich um zu uns, die wir in der Tür stehen. Dann betrachtet er die Sachen aus der ersten Schublade, die er als Erstes auszuräumen beschlossen hat. Was, sagt er. Was soll ich damit bloß machen?

Er ist fünfundzwanzig, als der Krieg aus ist, er hat sich für älter ausgegeben, damit sie ihn bei der Marine nehmen. Sein von Bomben getroffenes Schiff mit den darin Ertrunkenen ist in den Hafen in Kanada geschleppt worden, und als sie den Rumpf des Schiffes geöffnet haben, sind mit dem Wasser die aufgedunsenen Leiber herausgeschossen; die rätselhafte Lähmung seiner Arme, deren Muskeln nicht mehr reagieren wollten, hat er überwunden. Seine Mutter wird demnächst an Krebs sterben, und seit kurzem hat er wieder die Alpträume von den über sie hinwegfliegenden Flugzeugen, und genau zu diesem Zeitpunkt blödeln der Elektriker und sein Lehrling bei der Arbeit im Frauenschlafsaal des Fliegerhorsts der WAF ein bisschen herum, während die Frauen woanders Dienst tun. Die Elektriker legen Leitungen in Räumen, in die Männer in der Regel nicht hineinkommen, und sind aufgregt wie kleine Jungs, weil sie zwischen den Betten der Frauen und deren vermuteten Gerüchen schalten und walten dürfen. Der Raum selber ist kein bisschen aufregend, sondern trist und von zweckmäßiger Nüchternheit. Die Betten sind identisch und auf identische Weise gemacht, das Laken über die Decke geschlagen, das Kissen daruntergesteckt, alles ordentlich gerade und straffgezogen; ein Holzstuhl und ein kniehoher verschließbarer Stahlschrank stehen neben jedem Bett, und die Männer sind unbeaufsichtigt, weil heute der Elektriker das Sagen hat.

Die Lampen müssen an ein Kabel angeschlossen werden, das über einer Bettenreihe an der gesamten Länge der Wand verlaufen soll, und der Elektriker zeigt seinem Lehrling, wie man ein Kabel so verlegt, dass es nicht auffällt, damit nichts drangehängt werden kann, weil es sonst heruntergerissen wird. Er hält die Leiter, und der Lehrling nagelt das dünne Kabel oben an der Kante von Wand und Decke fest.

Die Leiter steht neben einem Schrank vorn in der Reihe, und während der Lehrling hämmert und dafür den Kopf schräg legen und an die Decke drücken muss, bemerkt der Elektriker, dass der Schrank nicht richtig verschlossen ist, und schiebt die Tür sacht mit der Schuhspitze auf. Die Tür klappert beunruhigend laut, der Lehrling wackelt auf der Leiter, der Elektriker fasst fester zu, bremst die aufschwingende Tür mit dem Schuh und vergewissert sich zugleich per Schulterblick, dass niemand in den Schlafsaal kommt. Die beiden Männer feixen sich an vor Vergnügen.

Innen an der Tür sind überall Fotos angebracht; auf einem,

erkennt der Elektriker, sitzt Bogart an einem Schreibtisch Bacall gegenüber. Die hier mag sie hässlich, ruft er zu seinem Lehrling hinauf. In die Fächer im Schrank sind Kleider gequetscht; der Elektriker steckt die Hand hinein, zwinkert seinem Freund zu und streicht über die Front einer gestärkten Uniformbluse. Aus dem obersten Fach zieht er einen grauweißen Frauenschlüpfer, hält ihn sich, vom Lehrling lachend beobachtet, unter die Nase, zieht die Augenbrauen hoch und schließt in gespielter Trunkenheit die Augen, legt sich den Schlüfer übers Gesicht, wendet es dem Lehrling zu und singt durch den Stoff hindurch: *le – t me put my arms about you, I – could never live without you.*

Pass auf die Leiter auf, sagt sein Freund lachend.

Der Elektriker faltet den Schlüpfer wieder zusammen, legt ihn auf die anderen, schließt die Tür und hält die Leiter, und der Lehrling steigt herab. Im Schrank daneben sind die Sachen kunterbunt hineingestopft, mehrere Sinatra-Bilder kleben innen an der Tür. Nicht so gut, auch wenn sie einen etwas besseren Geschmack hat, sagt der Elektriker. Hier liegt frische und getragene Wäsche durcheinander, stellt er fest, als er das Spiel mit der Hose wiederholt, diesmal mit einem stark beschmutzten Paar.

Geschieht dir recht, sagt der Lehrling, auch wenn er dieses Spiel selber gern einmal spielen würde, und so arbeiten sie sich durch, mit einem Auge immer an der Tür, falls jemand hereinkommt, sichten die schmutzige und die saubere Unterwäsche, gehen der Reihe nach von einem Schrank zum anderen und vergeben Punkte von eins bis zehn für den Geruch und den Zustand ihres jeweiligen Inhalts.

Doch dann erwischt der Lehrling einen Schrank, dessen Tür klemmt, er kriegt sie mit den Fingern nicht auf, weil der

Griff an der Tür abgebrochen und die Tür zugedrückt ist. An der Stelle des Griffs ist jetzt jedoch ein kleines Loch im Metall, und der Elektriker wühlt in der Brusttasche seines Overalls, zieht einen kleinen Schraubenzieher hervor, schiebt ihn durch das Loch und zieht kräftig an der Tür. Sie schwingt zurück. Ein leichter Geruch strömt heraus.

Oh, haucht der Lehrling.

Das ist der Beste. Das ist der Sieger, sagt der Elektriker und schüttelt den Kopf. Die wenigen Kleidungsstücke in diesem Schrank sind außergewöhnlich, nicht grau, sondern weiß, außerdem glatt, ohne Knitter eingeschichtet, gekonnt gefaltet. Die Unterwäsche im obersten Fach ist zart und weiß. Der Elektriker greift hinein und bekommt etwas Seidenes zu fassen. Er zieht vorsichtig, und ein Petticoat entfaltet sich, bauscht sich in seiner Hand auf und zerstört die ganze Harmonie der Wäsche, als er ihn herauszieht und der Petticoat wie eine Flüssigkeit, wie Licht von seiner Hand herabfließt. Die beiden Männer schauen nur, als er da hängt und leicht schwingt, unirdisch und schön. Das schlechte Gewissen, die Zartheit trifft den Elektriker wie ein Schlag.

Wie willst du den bloß wieder zusammenfalten?, sagt der Lehrling. Der Elektriker prägt sich den Namen ein, der über dem Bett zu diesem Schrank steht. Noch in derselben Woche lädt er sie ein, und sie gefällt ihm ebenso, wie ihm schon ihre Wäsche gefallen hat, und noch ein wenig später erzählt er ihr vom Sterben seiner Mutter, und eines Abends im Pub zeigt er ihr den Trauring seiner Mutter, der in dem mit Samt ausgeschlagenen Holzkästchen steckt. O ja, sagt sie, das ist ein sehr hübscher Ring, und als sie es sagt, beobachtet jemand am Nebentisch die Szene, deutet sie falsch und ruft: Hier verlobt sich gerade jemand! Hier verlobt sich jemand!, und alle, die in dem kleinen Pub sitzen, lächeln und zeigen auf sie, klopfen ihnen auf Schultern und Arme, und die beiden schauen sich an, lachen vor Bestürzung und Verlegenheit, die weiter hinten Sitzenden recken sich und wollen auch sehen, was da los ist, wollen einen Blick auf den Ring erhaschen, auf das Paar, wollen teilhaben an dem Augenblick, an dem Stoff, aus dem die Liebe gemacht ist.

Text für den Tag

Stellen Sie sich Melissas Bücher vor, überall in Schlafzimmer und Wohnzimmer, wenn Melissa nachts in ihrem Bett schlief oder tagsüber zur Arbeit war oder mal abends wegging oder übers Wochenende verreiste. Zu Hunderten standen sie von Agee bis Yeats (mit Z hatte sie keine) stumm in den Regalen. Eine beachtliche Kollektion von Klassikern der englischen und schottischen Literatur, die sie an der Universität durchgenommen hatten – Melissa hatte vor zehn Jahren Anglistik studiert. Und eine umfangreiche Auswahl zeitgenössischer amerikanischer, englischer und europäischer Literatur; Melissas Freundin Austen arbeitet in einer Buchhandlung und überlässt ihr Bücher öfter mit ⅓ Rabatt. Bücher um Bücher, reihenweise Bücher, die nachts, wenn die Fundamente des renovierten Wohnblocks Schauer durch die Gebäude schicken, minimal beben, Bücher, die so fest aneinandergepresst sind, dass einige mit den Umschlägen zusammenkleben. Wollte Melissa zum Beispiel Charlotte Brontës *Villette* (Penguin) noch mal lesen, würde sie feststellen, dass es auf der einen Seite an *Shirley* (Penguin) klebt und auf der anderen an einer 1933 erschienenen Ausgabe von *Testament of Youth* von Vera Brittain (Gollancz), signiert von der Autorin und für 50 Pence bei einem Bibliotheksverkauf erstanden.

Stellen Sie sich die Bücher vor, wenn sie nachts in der stillen Wohnung stehen, stumm und reglos im Dunkeln, Melissas Name, der Ort, an dem sie sie gekauft hat, und das Datum, zwischen der ersten Seite und dem Schutzumschlag eingeschlossen; stellen Sie sich die Buchrücken vor, wenn sie tagsüber in der stillen Wohnung vergilben, die Farbe verlieren, im wandernden Licht verblassen.

Als Erstes sagte Melissa ihrem Freund Frank, er solle sich verpissen und ausziehen, sie habe es satt, ständig mit Schatz angeredet zu werden, das sei nicht mehr witzig. Am nächsten Tag ging sie nicht zur Arbeit, sondern blieb im Bett, zog sich die Decke bis ans Kinn und wärmte sich, als die Heizung ausging und es kalt wurde, mit dem Föhn, den sie mit unter die Bettdecke nahm, was sie früher wegen der Erderwärmung und der Heizkosten immer abgelehnt hatte. Danach stand sie auf und warf den Föhn zum Fenster hinaus; er landete in Einzelteilen auf dem Pflaster, nur knapp neben dem Auto der Nachbarn. Melissa riss in der Eiseskälte alle Fenster auf. Dann warf sie ihre Bücher durch die ganze Wohnung. Das war damals. Jetzt war sie im Begriff zu verschwinden, war schon fast nicht mehr da.

Später, da war sie schon eine ganze Weile weg, glaubten die weniger Einfallsreichen unter ihren Freunden, die überhaupt bemerkt hatten, dass sie nicht mehr da war, sie habe sich wahrscheinlich eine Auszeit genommen, reise als Rucksacktouristin durch die USA oder so etwas. Jemand anders, eine Arbeitskollegin, glaubte, sie habe womöglich einen tollen neuen Job ergattert, der besser war als Datentypistin, und ihn angenommen, ohne ihrem alten Boss Bescheid zu sagen, damit sie die Kündigungsfrist nicht einzuhalten brauchte. Eigentlich aber passte beides nicht zu ihr, man hätte es nicht von ihr erwartet. Andere Freunde und Bekannte bekamen es überhaupt nicht mit und wussten nichts davon, die meisten dachten gar nicht an sie, und die anderen nahmen im Großen und Ganzen an, sie wäre noch dort, wo sie sie zuletzt gesehen hatten, und täte das, was ihr letzter Kenntnisstand war, wie man eben annimmt, dass jemand, den man kennt, dasselbe tut wie immer – atmen, spazieren gehen, einkaufen, Kekse essen –, bevor man erfährt, dass der oder die Betreffende tot ist, schon vor langer Zeit gestorben, und man es nicht gewusst hat.

Austen jedoch war klar, dass irgendetwas nicht stimmte, denn sie hatte einen Schlüssel zur Wohnung und den Büchern, und die Bücher, Melissas ganzer Stolz und ihre ganze Freude, lagen in beiden Räumen so komisch herum, chaotisch über den Boden verstreut, oder türmten sich regellos in Stapeln, in den wandhohen Regalen klafften riesige Lücken, standen Bücher krumm und schief; sogar ins Bad waren welche gepfeffert. Wie der eine Werbespot im Fernsehen, dachte Austen, der zur Warnung vor Dieben ein Haus zeigt, in das eingebrochen wurde, und den Rat gibt, nachts ein Licht brennen zu lassen, damit es so aussieht, als wäre immer jemand da. In Melissas Wohnung war das Licht auch an, keine gute Idee, wenn die Vorhänge und die Fenster auf waren. Niemand da, nichts gestohlen, alles heil, bis auf die Bücher.

Sie schloss die Fenster und drehte in der Küche die Heizung an. Auf dem Tisch lagen hinter einer Milchflasche ein paar herausgerissene Seiten; von da, wo sie stand, konnte Austen, durch das Glas der Flasche verzerrt, das Wort *Introduction* entziffern. Zu ihren Füßen lag der Umschlag eines Kafka-Taschenbuchs (Penguin Modern Classics). Sie machte sich einen Tee – die Milch war sauer –, entsorgte den Teebeutel in den Treteimer und stellte fest, dass der Treteimer bis obenhin mit herausgerissenen Seiten und leeren Deckeln mehrerer Bücher gefüllt war. Auf dem Boden hinter dem Treteimer lagen noch mehr einzelne Seiten. Sie ging ins Wohnzimmer und setzte sich auf die Couch, musste dafür aber, ob sie wollte oder nicht, die Füße auf Büchern abstellen. Auf dem Kissen neben ihr lag, als sei es nach dem Flug mit ausgebreiteten Flügeln unbeholfen dort gelandet, ein Exemplar von Seamus Heaneys *Seeing Things* (Faber and Faber).

Im selben Moment, in dem Austen den Zeigefinger in den Tee tunkte und einen Milchklumpen am Tassenrand zerdrückte, trat Melissa aus einem von acht bis spätabends geöffneten Supermarkt in den Regen hinaus, biss von etwas in einer Tüte Steckendem ab, in der anderen Hand ein Taschenbuch, und eine schon ältere Frau mit einer Regenhaube auf dem Kopf, die ungewöhnlich aufgebracht war, schrie ihr nach, warf die Arme in die Luft und rief den jungen Burschen zu, die Einkaufswagen auf dem nassen Parkplatz zusammenschoben, schauen Sie mal, was die da macht, in meinem ganzen Leben nicht.

Tags darauf rief Frank abends bei Austen an. Er mochte Austen nicht besonders, sie war Melissas Freundin.

– Sie hat gesagt, ich soll gehen, Austen, da bin ich eben, haha, *gegangen*. Sie hat einen richtigen Anfall gekriegt. Ich mach mir Sorgen um sie, sagte Frank. Er war immer noch befriedigt, weil er Melissa gezeigt hatte, wie lächerlich ihre Forderung war, indem er sie tatsächlich erfüllte.

– Mm. Komisch. Ich nicht, glaub ich.

– Was, du nicht?

– Sorgen. Mach ich mir nicht. Glaub ich zumindest. Einen Anfall? Wie sah der aus? Wie das eine Mal, als du die heiße Schokolade auf den Keats und die ganze Couch verschüttet hast?, sagte Austen.

– Nein, eigentlich nicht, es war kein Wutanfall. Sie war ganz ruhig, das war unheimlich.

– Aha, unheimlich, sagte Austen.

– Aber dadurch hat sie nur *noch* wütender gewirkt, weißt du. Sie saß auf dem Fußboden und sagte so unheimliche Sachen, cool wie eine Gurke.

– Mm, sagte Austen. Sie mochte Frank nicht übermäßig, hatte ihn bei ihrem Kennenlernen schon nicht gemocht, als er sagte, sie habe so einen komischen Namen.

– Sie ist nicht bei sich in der Wohnung, weißt du, sagte Frank.

– Ich weiß. Hör mal, Frank, ich muss Schluss machen.

– Weißt du, wo sie ist?

– Nein, aber wenn sie mich anruft, sage ich ihr, sie soll dich anrufen, ja? Hör mal, ich hab gerade was auf dem Herd stehen.

– Sie ruft mich nicht zurück, und ich komm nicht mehr in die Wohnung rein. Im Büro weiß niemand, wo sie ist, sie hat sich nicht krankgemeldet, ich hab angerufen und gefragt. Meinst du, ich sollte die Polizei informieren?

– Ach, nein, eigentlich nicht, aber wenn du dich danach besser fühlst, sagte Austen geistesabwesend.

Am späteren Abend rief Melissa Austen und Frank von einem Münzfernsprecher an. Die Verbindung war schlecht, Melissa war kaum zu verstehen, als spräche sie durch ein Meer aus weißem Rauschen.

– Austen, du hättest nicht aufzuräumen brauchen. Nein, es war nett von dir, aber – ja, ich war da und hab mir ein paar Sachen geholt. Nein, hör zu, ich hab nicht viel Zeit, ich hab nur zwanzig Pence – hör mal – du kannst die Wohnung benutzen, wenn du willst. Du kannst sie *haben*, wenn du willst, viel Spaß damit, und, Austen, nimm dir das Auto. Ich schreib dir – ich weiß nicht – eine Karte (ihre Stimme wurde noch leiser) – muss Schluss machen …

– Hallo, Frank? Ich bin's, Melissa. Herrgott, nenn mich nicht so – ja – nein, hörst du mich? Ja, so laut wie – nein, nicht nötig, ich bin nicht verschwunden, das hörst du doch. Ich sagte, ich bin nicht – hör mal, ich ruf nur an, um, nein, ich ruf bloß an, um auf Wiedersehen zu sagen. *Auf Wiedersehen.* Kapiert? Okay? Nein, nicht nötig – Wiedersehen –

Frank legte auf, nahm den Hörer wieder ab und rief bei der Polizei an. Austen merkte, dass sie in die Luft gestarrt hatte, und legte auf. Vor ihrem geistigen Auge ging die Tür der Telefonzelle auf, und Melissa trat aus dem Uringestank in frostkalte klare Luft.

Melissa saß in dem blassen Mondlicht, zusammengekauert wie ein Tier. Sie hatte das verschlossene Tor erklommen, hatte sich über die Eisenspitzen geschwungen, ihren Rucksack in das Gras hinter dem Kiesweg plumpsen lassen und war selber ebenfalls relativ geräuschlos auf der anderen Seite gelandet. Schwitzwasser machte die Fenster im Torhaus blind. Unsichtbar ging sie in Dunkel und Kälte leise bis zur anderen Seite des Friedhofs und setzte sich hinter irgendein Grab. Lehnte sich gegen den Stein. Zog unter den Umrissen eines Engels die Bücher aus ihrem Rucksack. Allein heute hatte sie bereits die Seiten aus *Tender is the Night* von F. Scott Fitzgerald (Penguin), *Bliss* von Peter Carey (Faber and Faber), *The Novel Today*, herausgegeben von Malcolm Bradbury (Fontana), *Madame Bovary* von Gustave Flaubert (Penguin), *Selected Dramas and Lyrics of Ben Jonson* (Verlag Walter Scott, 24 Warwick Lane, Paternoster Row, London 1886, eins ihrer Lieblingsbücher), *Memoirs of a Dutiful Daughter* von Simone de Beauvoir (Penguin, noch ein Lieblingsbuch und nach einem kurzen Anflug von Wehmut mit großer Erleichterung) und schließlich aus Joyces *Dubliners* (Penguin) herausgerissen. Sie hatte es sehr genossen, die *Dubliners* noch einmal zu lesen, hatte die Seiten, sobald sie damit fertig war, herausgerissen und fallen gelassen, wo sie gerade ging oder saß. »The Dead« zu lesen, wurde ihr klar, hatte sie nie so sehr genossen wie jetzt, als sie, den Tränen nahe, die letzte Seite, die über den Schnee, herausriss und fallen ließ.

Hier auf dem Friedhof starrte niemand sie an oder machte Bemerkungen oder schrie zornig herum. Sie griff nach dem ersten Buch auf dem Stapel, *The Sunday Missal and Prayer Book* (Collins). Heraus kamen die Übersicht über die beweglichen Feiertage, die Vorwörter, die Messordnung; sie brauchte kein Licht, um zu wissen, dass sie den ersten Adventssonntag herausriss, den zweiten Adventssonntag, den dritten Adventssonntag, den vierten Adventssonntag, Weihnachten, Ostern, das ganze Jahr. Dünne Blätter fielen um sie zu Boden, schlugen im Gras zwischen den Grabsteinen um, wehten raschelnd über den Kies.

Die Polizei war beunruhigt. Die Vermisste oder jemand, der sich als sie ausgab, hatte ihr Bankkonto geleert. Sie riefen bei Austen und Frank und bei der Versicherungsgesellschaft an, bei der Melissa arbeitete. Sie fanden Melissas Adressbuch unter ihrem Bett und telefonierten sämtliche darin verzeichneten Personen ab. Austen schilderte ihnen, wie sie die Wohnung vorgefunden hatte und was Melissa am Telefon gesagt hatte, und sie nahmen das Auto und einige zerfetzte Bücher mit, um sie auf Spuren zu untersuchen, eröffneten eine Akte zu Melissa und zapften ihr Telefon an. Genauso verfuhren sie bei Frank, der ihnen ebenfalls Melissas Anruf schilderte, seinen bei Austen und das generell sonderbare

Benehmen Melissas und was sie am Abend ihres Fortgehens gesagt hatte.

Sie eröffneten Akten zu allen Angestellten der Versicherungsgesellschaft, bei der Melissa als Datentypistin arbeitete, was bedeutete, dass sie den ganzen Tag lang die Buchungsnummern von eingegangenen Schreiben und Anträgen in den Computer übertrug, damit Anliegen der Betreffenden statt durch den Kundennamen durch Zahlen verfolgt und überwacht werden konnten.

Währenddessen tauchte Melissa unter. Sie war da und dort gesichtet worden, erfuhr Austen ab und zu durch Frank, durch gemeinsame Freunde, sogar durch Leute, die sich in Austens Buchhandlung unterhielten. Melissa gesichtet, das bekam fast einen mythischen Zug. So nannte Austen es in dem Brief, den sie dem Bücherpaket für Melissa beilegte, das sie postlagernd an eine Adresse unweit der amerikanischen Grenze sandte. Melissa hatte eine Postkarte geschickt, eine Farbfotografie mit der Abbildung eines langen amerikanischen Autos, das auf dem Dach in einer Gebirgsspalte lag, darüber am Rand der Spalte ein Haus und ein Garten, unversehrt. In ihrer spinnenhaften Schrift und geschrieben mit einer Tinte, die aussah wie in der Sonne verblichen, teilte Melissa mit, es gehe ihr gut, sie rieche hier, wo sie die Karte schrieb, Nelken und Kaffee, genau wie D. H. Lawrence es in *Mornings in Mexico and Etruscan Places* gesagt hatte, was sie gerade lese, und Austen solle ihr bitte die Bücher aus der Wohnung schicken, egal welche. Ihr überhaupt, wenn es sich einrichten ließe, einmal im Jahr um diese Zeit ein ähnlich großes Paket schicken, so lange, bis keine mehr da waren. *Ich lese jetzt fast alles noch einmal*, schrieb sie. *Ich lese hier in der Wüste wieder Emily Dickinson. Es ist toll. Gruß, M.* Austen lieferte die Karte bei der Polizei ab, packte die Bücher zusammen. *Ich frage mich ja*, schrieb sie in dem Brief, *was du machst, wenn dir die Bücher ausgehen.* Eine Antwort kam nicht.

Eine junge Frau, die an der Geflügeltruhe im Supermarkt lehnte und ein Buch las, riss die Seite heraus und ließ sie fallen, wo sie stand. Bestürzt beobachtete eine ältere Dame, wie sie neben den Gefriertruhen ihr Buch zerriss; sprachlos verfolgte sie, wie die junge Frau in verschiedenen Gängen Gedichte zu Boden segeln ließ, bei den Backwaren, den Haushaltsartikeln, in der Kassenschlange. Die alte Dame, bleich vor Zorn, folgte der jungen Frau und hob die Gedichte auf, die sie wegwarf. Vor der automatischen Tür stand sie im Regen und sah die junge Frau davongehen. Schauen Sie mal, was die da macht!, rief sie den Leuten zu, die in den Supermarkt hineingingen. So etwas Empörendes habe ich in meinem ganzen Leben noch nicht gesehen, mutwillig, mit voller Absicht etwas zerstören. In meiner Jugend kannten wir den Wert der Dinge noch. Sie schaute zur Seite, fing den Blick von jemandem auf, der gerade herauskam, schwenkte die zerrissenen Gedichte durch die Luft. Schauen Sie, sagte sie flehentlich, Verzweiflung im Blick.

In einem Nachtbus nach London sah ein Mann neugierig zu, wie eine junge Frau auf der anderen Seite des Gangs ein Buch las und dabei jede Seite, mit der sie fertig war, behutsam herausriss. Ihre Kleider waren ungepflegt, ihr Haar sah aus, als müsste es mal gründlich gewaschen werden; die Frau legte die gelesenen Seiten ordentlich eine nach der anderen auf den leeren Sitz neben sich. Am Ende der Fahrt ließ der Mann die Frau vor sich aussteigen, hob die Buchseiten von dem Sitz auf, nahm sie in sein Hotel mit und las sie auf seinem Zimmer.

Wer mochte sie sein, wo mochte sie wohnen, wie konnte er Verbindung zu ihr aufnehmen, damit er auch den Rest lesen konnte?

Eine Frau, die in einer Großstadt an einer Bushaltestelle stand, bemerkte plötzlich, dass sie mit dem Absatz ihres Schuhs ein Stück Papier aufgespießt hatte. Auf der einen Seite stand etwas von Schwüren und dem Wiedererwachen, und sie wurde nicht schlau daraus. Doch auf der anderen waren die Wörter über das Blatt verteilt wie früher in der Schule Gedichte, und sie las:

> *Himmlischen Wiederkünften,*
> *An dem Tag, da die Blumen aufgehn*
> *Und wenn die Vögel fortziehn.*

Zu Hause schlug die Frau im Wörterbuch ihres Ehemanns nach, suchte nach den himmlischen Wiederkünften. Sie fand die Worte, die sie mit dem Absatz ihres Schuhs aufgespießt hatte, sehr schön, und sie faltete das Stück Papier zusammen und versteckte es hinter dem Schrankpapier in ihrer Make-up-Schublade. Erzählte niemandem von ihrem Fund.

Austen steht in der Buchhandlung und verkauft Bücher, drückt mit der blinden Routine eines Automaten die Tasten an der Ladenkasse, während die bunten Buchumschläge an ihr vorüberziehen, Tag für Tag Hunderte von Büchern, glänzende, aufregende Neuerscheinungen vor ihrem Auge aufblitzen und in kleinen Tragetüten aus Plastik landen. Austen sortiert das Geld in die richtigen Fächer. Barnes und Byatt werden gerade viel gekauft und eine neue Biographie der Kennedys, extra fürs Weihnachtsgeschäft herausgebracht.

Die Buchhandlung, in der sie arbeitet, ist geräumig und geschmackvoll; sie hat abends lange geöffnet. Tagsüber läuft dort Klassik, abends jazzigere Musik, dem Publikum gefällt's, Austen hört von Kunden immer wieder, es sei ein Vergnügen, hier einzukaufen. Am Eingang steht ein mit kanadischen Autoren bestückter Wühltisch, darauf Atwood und Munro, auf der anderen Seite ein separater Aufsteller mit neuen Hardcovern aus Osteuropa, die Sonderaktion für diesen Monat. Die Regale sind offen, gut sortiert, gut gefüllt. Von ihrem Platz an der Kasse überblickt Austen den gesamten Bereich der Belletristik, der eine lange Wand des Ladens einnimmt, Hunderte und Aberhunderte von Büchern, ein bloßer Nachhall der Hunderten ihrer Vorgänger. Das ist ungenügend, reicht längst nicht aus, Austen ist sich darüber im Klaren, aber was soll sie tun? Wenn ein Kunde nach Lyrik fragt, schickt sie ihn ins Untergeschoss. In Melissas mittlerweile etwas muffig riechender Wohnung leeren sich die Regale nach und nach; gesichtet wird Austens Freundin nur noch selten. Austen lässt den Blick durch den Laden schweifen, schaut auf die Uhr, seufzt.

Die ganze Margaret Atwood weg, der ganze James Joyce, die ganze Virginia Woolf, die ganzen Hardy, Lawrence und Forster. Die ganzen Carter und Rushdie, Puig und Márquez, die Klíma und Levi, Calvino und Miłosz, die ganze Spark und der Gunn und der MacDiarmid, der ganze Shakespeare, die ganzen Coleridge und Keats, die Whitman und Ginsberg, der Proust, der Eliot, der Scott, dicke Bücher, dünne Bücher, sämtliche Einzelbände unbekannter Dichter und Romanciers, alle bekannten Namen und alle weniger bekannten oder unbekannten oder in Vergessenheit geratenen Namen schwirren durch die Luft, landen auf dem Boden wie Samen oder Laub, das vom Baum fällt, zerfallen faulend, werden in winzigen Bedeutungssplittern verweht. Buchseiten flattern über Autobahnen oder Äcker, Seiten zerreißen, lösen sich auf in Flüssen und Seen, bleiben an Hecken in Vororten hängen, klammern sich an Wurzeln. Schmutzige Fetzen bilden einen Schweif, der in alle Richtungen weht, über Straßen in fernen Städten flitzt, in den feuchten Eingängen kleiner Läden modert, im Sturm über Grasland und Prärien treibt.

Gedichte liegen in Rinnsteinen und Abwässerkanälen, unter den Gleisen, die für Züge gelegt werden, Seiten aus Romanen auf dem Pflaster, in den Supermärkten, an den Schuhsohlen von Leuten oder an den Reifen ihrer Räder und Autos; es finden sich Gedichte in der Wüste. Irgendwo, wo es keine Häuser und keine Menschen mehr gibt, nur Himmel und Wind, eine weit offene Welt, liegt ein Gedicht über einen grasbedeckten ruhenden Vulkan, halb im Sand begraben, und bleicht aus im Licht und in der Hitze wie der Schädel eines Vögelchens.

Schnell vorbei

Am Anfang haben wir uns die ganze Zeit geliebt. Das ist meine
einzige Erinnerung daran – wir haben uns geliebt –, und sie ist
undeutlich, ein Nebel, aus dem ab und zu Details aufsteigen,
scharf wie Messerklingen: wir beide auf dem Bett oder wie ich
mich an dich presse und dich an die Heizung oder wie ich
mittags im Wohnzimmer die Vorhänge zuziehe und wieder
auf die Couch komme, auf der du dein Hemd aufknöpfst, und
ich deine Chelsea-Girl-Jeans aufknöpfe. Damals hast du mich
immer ausgezogen, wie man ein Geschenk auspackt, es ge-
nießt, sich Zeit lässt zu raten, was drin ist; ich schälte dich aus
deinen Sachen, als wärst du eine Satsuma und als wollte ich
die Schale in einem Stück lösen, das heißt, mich mit Daumen
und Zeigefinger von außen nach innen vorarbeiten, immer im
Kreis herum, erst die Frucht aus der Schale lösen, dann mit
dem Daumen hinein, teilen und trennen, und ich hatte, aufgeregt, wie ich war, Mühe, mich zu beherrschen und mir das
größte Stück bis zum Schluss aufzuheben, bis dein Geschmack
schließlich jedes Mal auf meiner Zunge aufbrach. Was für eine
Zeit! Eine Zeit, in der ich mir deinen Geruch überzog, in der
ich das Telefon klingeln ließ und wir uns, erst ohne es zu merken, in seinem Rhythmus bewegten, bis uns aufging, was wir
taten, und wir lachend voneinander abließen, die Zeit, in der
wir einmal nach unten fassten, weil wir auf meine Uhr sehen
wollten, und dabei das Glas über dem Zifferblatt in einem Un-
gestüm der Liebe in kleine Stücke zerbrochen und die Zeit an-
gehalten hatten.

Das war die verrückte Zeit, die jeder einmal erlebt. In der Kleider getragen wurden, um sie auszuziehen, sie durchs Zimmer zu werfen, nicht beachtet wie die Freunde, die nicht mehr mit uns sprachen, weil du oder ich zur verabredeten Zeit nicht am Kino auftauchten oder weil wir das gemeinsame Kaffeetrinken auf ein andermal verschieben mussten, da wir lieber für uns sein wollten, oder weil sie uns, wenn sie uns haben wollten, nicht haben konnten, weil wir einander hatten. Mit purer Lust als Frühstück, Mittagessen und zum Tee, ich mit der Nase in deinem Haar, du mit der Hand in meinem, machten wir den Tag und die Nacht animalisch leicht. Wir machten alles, rieben uns langsam aneinander, vögelten derb, klebten aneinander vor Schweiß, lagen da, die eine noch in der anderen, warteten ab, bis wir wieder Luft holen und noch mal von vorn anfangen konnten, das flinke Zucken einer Zunge, das Raspeln von Zähnen an einer Brustwarze, um das Verlangen zu schüren. Wir fraßen uns gegenseitig auf, spieen uns gegenseitig mit Wollust aus, ein klebriges neues Geschöpf; mehrmals am Tage waren wir Gott, erschufen uns gegenseitig. Natürlich konnte das nicht ewig so gehen. Natürlich tat es das nicht.

Wie lange hatten wir das eigentlich, diesen bedingungslosen, schrankenlosen Sex, überlege ich und gebe mir Mühe, beim Gehen auf dem Bürgersteig nicht auf die Ritzen zwischen den Pflastersteinen zu treten. Zwei Monate, glaube ich, dauerte es wohl, dieses Wechselspiel von langsamen, tiefen Atemzügen und totaler Atemlosigkeit, bis wir wieder in die Wanne stiegen, weil wir uns waschen und nicht, weil wir etwas ausprobieren oder wissen wollten, wie die andere mit Schweißperlen auf der Haut aussah. Ich komme auf ungefähr acht Wochenenden, bis die übers Bett verteilten Sonntagszeitungen den Vormittag blockierten und du mit den Gedanken woanders warst, als du mich streicheltest, die Finger grau von Druckerschwärze, und die Stunden darüber hingingen, dass wir etwas über Goebbels oder Marlene Dietrich lasen. Sechzig Tage ungefähr, dann roch ich langsam wieder nach Farbe, und du fandest den Geschmack und den Geruch, der mir anhaftete, zu beißend und klagtest darüber, obwohl du am Anfang behauptet hattest, er gefiele dir, er sei, wie war das noch – exotisch oder erotisch? Exotisch, glaube ich. Trotzdem, sechzig ungetrübte Tage, nicht übel. Ich kann mir kältere Arten vorstellen, einen Winter zu verbringen.

Es ist Frühling, aber kalt, bitterkalt sogar – hätte ich doch bloß nicht die Handschuhe verloren! Den ganzen Vormittag habe ich überall in der Stadt Fotos gemacht, um mir selber auf die Sprünge zu helfen, und meine Handschuhe auf einem Geländer oder einem Absperrpoller liegengelassen, bestimmt bei der Statue von Greyfriars Bobby, wo ich das witzige Bild des echten Hundes knipste, der von unten hinaufblickt. Hoffentlich hat jemand die Handschuhe gefunden, der sie brauchen kann, sie waren aus Leder. Die Sonne scheint, der Himmel ist himmelblau, aber noch vor zehn Minuten kam Hagel herunter, am Rand des Bürgersteigs liegen noch die Körner, auch auf der Straße, von den Autos zu weißen Streifen zusammengeschoben. Ich habe Farbe unter den Fingernägeln, schiebe die Hände tiefer in die Taschen und zwinge mich dazu, langsamer zu gehen. Ganz am Anfang hast du sogar das blaue Hemd aus der Wäschebox gefischt und dir um den Kopf geschlungen, weil du »den Geruch der Kunst« haben wolltest. Sechzig Tage, es dauert keine sechzig Tage, bis der Geruch der Kunst verfliegt. Ich ging wieder rauf ins Loft und nahm mir vor, etwas von dieser Zeit zu malen, und als die Woche um war, schleuderte ich dicke Klumpen Farbe an die Wand, schleuderte dann meinen Stuhl, die Kaffeemaschine und mein Essen hinterher, warf die Kaffeemaschine mit so viel Wucht, dass es den Stecker aus der Wand riss, und der Essensteller schlug eine Delle in den Putz, die immer noch da ist. Danach war es ziemlich leicht, wieder in die Arbeit reinzukommen.

Ich bin zehn nach im Café. Es ist exklusiv und dunkel, und während ich die Leute prüfend anschaue, damit ich dich nicht etwa übersehe, schießt mir durch den Kopf, dass ich nicht sicher bin, ob ich dich überhaupt erkenne. Ich gucke sogar um die Ecke, aber dort ist auch niemand, der du sein könnte. Vielleicht warst du ja da und bist wieder gegangen, es ist immerhin zehn nach. Könnte sein, du kommst gar nicht. Hinter der Theke stehen zwei Frauen, eine in meinem Alter, eine vielleicht etwas älter; ich kenne die beiden von den früheren Malen, die ich hier war. Ich bestelle mir einen Kaffee bei der Jüngeren, Schickeren, die mit betonter Geste die Milch an der Maschine aufschäumt und mir ein cooles Lächeln zuwirft. Es ist modisch hier, die Sitzhocker sind aus dicken Baumstämmen gehauen. An den Wänden hängen gerahmte alte Fotografien der verschiedenen Cafés, die es in der Stadt während der letzten hundert Jahre gab. Ich überfliege sie reihum, will schauen, ob ich markante Orte erkenne, irgendwelche Straßen, und schöpfe mit dem Löffel den Schaum von der Tasse auf die Untertasse. Es läuft Countrymusik; aus dem Lautsprecher, der direkt oberhalb meines Kopfes angebracht ist, dröhnt jemand, der Songs von Patsy Cline singt, aber nicht so gut wie Patsy Cline. Sie singt davon, dass sie kaputtgeht. Wenn sie einen bestimmten Ton trifft, tut mir das jedes Mal in den Ohren weh.

Die Frau, die mir den Kaffee gebracht hat, räumt den Tisch

neben meinem ab und sagt etwas zu mir. Entschuldigung, sage ich, was hat sie gesagt? Ich war gerade meilenweit weg, genau genommen sogar Jahre, habe im Kopf alte Aufnahmen abgespult, auf denen du mich ansiehst und ich dich ansehe, am helllichten Tag, und bin gerade an der Stelle, an der du gleich die Arme hebst und um mich legst und meine kraftlos neben mir heruntersacken und dein Mund zum ersten Mal auf meinem landet, da, auf dem Bürgersteig, mitten zwischen den Leuten, die im Vorbeigehen herstarren, und den Leuten, die im Vorbeifahren den Kopf im Autofenster herumdrehen und herschauen, und es sich anfühlt, als brächen lauter kleine Blumen aus der Straße oder aus meinem Körper hervor, die alle auf einmal aufgehen wie in den Filmen, in denen Natur im Zeitraffer gezeigt wird, und düsengetriebene Wolken über unsere Köpfe hinwegrasen, Dinge mit Überschallgeschwindigkeit geschehen, und gleichzeitig gehen diese Leute, als ich mich erstaunt von dir löse, mit offenem Mund und großen Augen wie in Zeitlupe um uns herum, als bewegten sie sich durch Wasser statt durch Luft. Ich schaue auf, bitte um Entschuldigung und frage die Frau, was sie gesagt hat. Sie lächelt und zeigt die Zähne, sie sind ebenmäßig und weiß. Sagt, ich sei ja meilenweit weg gewesen, fragt, ob ich einen Kaffee ohne Schaum möchte, den scheine ich ja nicht zu mögen, sie kann mir ohne weiteres einen einfachen machen, wenn ich will. Sehr nett, sage ich, ja, danke. Sie sagt, ich sei schon ewig nicht mehr hier gewesen, nicht? Sie hat so einen kleinen Button anstecken, auf dem »Lächle!« steht und darunter, in kleinerer Schrift: »Dann fragen sich alle, was du letzte Nacht erlebt hast!« Ich lese die Aufschrift, und sie bleibt so lange stehen, macht erst dann trällernd auf dem Absatz kehrt und schlängelt sich zwischen den Tischen durch zur Theke.

Die ersten künstlichen Akkorde des Songs »Crazy« pling-plangen durch das Café, und wie aufs Stichwort, wie im Film, erscheinst du in der Tür, hältst fast unmerklich inne und schüttelst dein Haar zurecht, und in dem Moment fallen mir die Gründe, warum ich dich reizend fand, und die Gründe, warum ich dich nicht mochte, alle wieder ein. Wir umarmen uns zur Begrüßung, sind überglücklich, uns zu sehen. Du lächelst verlegen, entschuldige die Verspätung, du setzt dich, sagst, dass du Patsy Cline ganz toll findest, sie ist so klasse. Die Frau bringt mir den versprochenen Kaffee und fragt, was du möchtest. Du bestellst einen Espresso und sagst dann, sie werde, wenn sie nachsieht, feststellen, dass bei ihrer Anlage die Höhen zu niedrig und der Bass zu hoch eingestellt sind.

Wir unterhalten uns eine Stunde lang über dies und das und gestatten uns immer wieder mal einen schüchternen Blick auf die andere. Du fragst, wie es in den Staaten war. Ich erzähle dir von meinen supertollen Erlebnissen und von den supernetten Leuten, die ich dort kennengelernt habe. Ich frage, woran du arbeitest. Du erzählst mir von dem Buch über die Katakomben in Sizilien, wo es echt toll war, obwohl es dir auf dem Festland besser gefallen hat. Fragst, woran ich arbeite. Eigentlich, erzähle ich dir, sollte ich an dem Auftrag sitzen, bin stattdessen aber mitten in *Zwei Personen, zwei Sessel und ein Hund*. Ich soll es dir beschreiben. Es sind zwei Leute, erzähle ich, sie sitzen in Sesseln vor dem Fernseher, und zu Füßen des einen liegt ein Hund. Du sagst, du müsstest es sehen. Ich erzähle, dass ich den ganzen Vormittag Fotos gemacht habe, um in das Thema *Die Großstadt am Ende des Jahrhunderts* richtig reinzukommen, es scheint aber nichts zu bringen. Das wird schon noch, sagst du, ganz sicher, und siehst mich schüchtern an. Du möchtest meine Kamera sehen. Es ist nur eine Kodak

Instamatic, damit ich sie in der Tasche mit mir herumtragen kann, aber du möchtest sie trotzdem sehen. Ich erzähle dir von dem Hund unter der Statue und meinen Handschuhen. Deine Augen werden glasig. Wir verraten einander Privates. Du erzählst von der Trennung von deiner letzten Liebe, es war erst vor kurzem und verlief sehr hässlich und stürmisch, war knapp, dass du unversehrt rausgekommen bist. Dein Gesicht wechselt die Farbe, als du davon sprichst. Ich erzähle dir von dem letzten Mal, als wir zusammen essen waren, ich hatte eine Lebensmittelvergiftung und war zu stolz, es zu sagen. Deshalb bist du dauernd rausgelaufen, sagst du, und wir lachen. Du erzählst von deinem Bergwander-Urlaub in Nepal, da sind ein paar aus deiner Gruppe schwer erkrankt, haben Fieber und Wahnvorstellungen bekommen, weil sie das Wasser getrunken haben. Du erzählst viel von den Bergen in Nepal und den Leuten, die bei der Reise dabei waren, und dann siehst du auf die Uhr und sagst, du musst abends wieder in London sein. Ich sage, ich bringe dich zum Bahnhof.

Auf dem Weg zum Bahnhof mache ich an dem steilen Stück an den Princes Street Gardens ein paar Fotos, von denen ich mir etwas erhoffe. Ich mache ein Foto von lachenden Büromenschen im Anzug, die auf einer Bank sitzen und Marks-and-Spencer-Sandwiches essen, und eins von einer alten Frau mit einer Plastiktüte um die Schultern, die einen Abfallkorb durchwühlt. Das gibt einen guten Gegensatz, sagst du, und ich sage, ja, darum geht's. Ein Bild kann ich noch machen, und ich ertappe mich dabei, dass ich wider bessere Einsicht dich fotografiere, als du nicht darauf gefasst bist. Die Kamera fängt dich ein, als du unverstellt vor einem Hintergrund aus gefrorenen Krokussen lächelst, die wie eine Wand dort stehen, lila, gelb und weiß. Du wirst aussehen wie ein zufällig abgelichtetes naives Model aus den Sechzigern oder Siebzigern oder wie eine hoffnungsvolle junge Folksängerin, deren Schnappschuss die Plattenhülle ziert. Insgeheim bin ich froh, dass ich die Aufnahme gemacht habe.

Wir sagen auf Wiedersehen und bis bald, und du gehst in den Bahnhof hinein. Ich gehe auf dem Rückweg wieder an dem Park entlang, an dem ich die Fotos gemacht habe. Es ist kälter als am Vormittag, ich friere noch mehr und merke, dass ich dummerweise nicht nur meine Handschuhe irgendwo liegengelassen, sondern auch mein Tuch verloren habe, wahrscheinlich im Café vergessen. Dort angekommen, frage ich die Frau hinter der Theke, und sie sieht mich wissend an und ruft ihre Kollegin aus dem Hinterzimmer, die Nette, die mir den kostenlosen Kaffee gebracht hat, und sie kommt nach vorn, sagt: Oh, gut, du bist wiedergekommen, und kramt unter der Theke herum. Sie gibt mir mein Tuch, es ist glatt und ordentlich zu einem Viereck zusammengefaltet. Ich danke ihr und wende mich gerade zum Gehen, da macht sie ein Geräusch, als wolle sie noch etwas sagen. Sie vergewissert sich, dass ihre Kollegin nicht zuhört, beugt sich zu mir herüber, damit niemand im Café es hört, und sagt, sie sei froh, dass ich mein Tuch vergessen habe, weil das bedeutet, dass ich wiedergekommen bin und sie das sagen kann, sie hofft, sie macht damit keinen Fehler oder beleidigt mich oder dringt in fremdes Territorium ein oder, du weißt schon, aber hätte ich vielleicht Lust, würde ich vielleicht heute oder später in der Woche mit ihr mal etwas essen oder trinken oder auf einen Kaffee gehen? Der rote Fleck an ihrem Hals, fällt mir auf, verfärbt sich bis hinter ihre Ohren dunkel. Sie sagt, o Gott, sie hat sich zum Narren gemacht, sie wollte mich nicht in Verlegenheit bringen, bittet um Entschuldigung. Nein, sage ich, hat sie nicht, ich bin ehrlich geschmeichelt, das ist echt nett, sie hat mich bloß überrascht.

Sie hat sehr hübsche Augen. Ich schreibe ihr meine Telefonnummer auf eine Papierserviette, sage, sie soll es lange klingeln lassen, weil ich vielleicht oben im Loft bin, und dann gehe ich und lasse meine Fotos entwickeln; es gibt Läden, wo man sie in einer Stunde gemacht kriegt.

Jenny Robertson deine Freundin kommt nicht

Meine Freundin Elizabeth und ich wollten zusammen ins Kino gehen und hatten ausgemacht, dass wir vorher in einem kleinen italienischen Restaurant etwas essen. Es ist nett da, sagte Elizabeth am Telefon, nicht zu schick und nicht zu teuer, und das Essen ist klasse. Es war ein schöner, ziemlich warmer Sommerabend, und ich schlenderte zum Grassmarket und wartete auf sie, lehnte mich an die Tür des Restaurants, von deren Staub ich hinterher allerdings ärgerliche Spuren auf der Jacke hatte, was ich aber für mich behielt, und dann kam Elizabeth die Straße entlang, und wir setzten uns und zogen die Jacken aus.

Wir hatten uns einen Fenstertisch in der Sonne ausgesucht, was ich immer sehr mag, aber gleich kam ein Kellner angelaufen, genau genommen hatten wir gerade erst die Jacken ausgezogen und uns niedergelassen, und bat uns, an einen dunkleren Tisch zu wechseln, der hier sei reserviert. Wir zogen also um, aber ich war nicht scharf auf den dunkleren Tisch, dort war es zu dunkel. Außerdem stand er weiter hinten im Restaurant, wo auch eine längere Tafel war, zu der man zwei oder drei Tische zusammengeschoben hatte, wie das eben gemacht wird, und die Gäste an dem Tisch waren sehr laut, hatten auch schon einiges getrunken und riefen ständig irgendetwas zu uns herüber, weil wir, zwei junge Frauen, allein da waren. Es war, was mich betraf, also schon eine kleinere Katastrophe, dass wir nicht am Fenster saßen, zumal der Tisch nur reserviert war, weil dort die Angestellten, der Kellner und die Frau am Tresen zum Beispiel, Pause machten und Kaffee tranken, und es ärgerte mich gewaltig, als ich merkte, wie das hier lief.

Wir hatten unsere Antipasti gegessen und wollten gerade mit der Lasagne anfangen, als meine Freundin Elizabeth jemand hereinkommen sah und zu uns an den Tisch rief. Es war Greta, die ich noch nicht persönlich kannte, Elizabeth aber schon oft erwähnt hatte, sie waren Freundinnen an der Uni. Mehr als einmal hatte Elizabeth mir erzählt, wie Greta zu ihrem Namen gekommen war, denn als ihre Mutter sie zur Welt brachte, sagte der Arzt während der letzten Presswehen zu ihr, sie solle von dreißig bis null rückwärts zählen und sich auf die Zahlen konzentrieren, und Gretas Mutter, die Filme sehr mochte, musste sofort daran denken, dass der Regisseur des Films *Königin Christine* Greta Garbo, die in dem Film spielte, die Anweisung gegeben hatte, einfach starr in die Ferne zu schauen und von dreißig rückwärts zu zählen, und das ist die letzte Szene in dem Film. Es ist die schönste Aufnahme von ihr, die es je gab, es sind die schönsten dreißig Sekunden Kino, die es gibt und und die es je geben wird, sagte Elizabeth mal zu mir, sie ist da, steht am Bug eines großen Schiffes und blickt in eine Zukunft ohne ihren Geliebten, ihren toten Geliebten, für den sie auf ihr Königreich verzichtet hat, und blickt hinaus aufs Meer, hinaus in die Leere, und die Kamera fährt immer näher heran, und dreißig Sekunden lang sieht man nur die reine Schönheit eines anderen Menschen. Und sie steht da, in ihrer ganzen Schönheit, und zählt im Kopf rückwärts: neunundzwanzig, achtundzwanzig, siebenundzwanzig.

Für meine Begriffe wäre es mit der Schönheit Essig, wenn ich wüsste, dass sie das so spielt, außerdem habe ich sowieso nicht die Angewohnheit, andere Frauen schön zu finden.

Allerdings habe ich den Film nicht gesehen. Elizabeth sagt aber solche Sachen. Ich habe noch nie jemanden kennengelernt, der so redet wie sie.

Greta, die Freundin, setzte sich also zu uns, und mir wäre es, ehrlich gesagt, lieber gewesen, wenn sie es gelassen hätte, das Leidige an Greta ist nämlich, dass sie lange krank war und dass man sich kaum auf irgendetwas konzentrieren, geschweige denn seine Lasagne essen kann, wenn ein Kranker mit am Tisch sitzt. Greta hat es allerdings, das muss ich ihr lassen, gar nicht erwähnt, und als Elizabeth wissen wollte, wie es ihr gehe, hat sie auch nicht ewig und drei Tage darüber geredet. Aber es reicht ja, dass ein Kranker da ist. Mit diesen dunklen Augenringen um die Augen, vor denen man gerade isst. Und diesem dünn gewordenen Hals. Ich fand die Lasagne sowieso nicht besonders, weil sie in der Mikrowelle heiß gemacht worden war und ich mir schon beim ersten Bissen die Zunge verbrannt hatte, außerdem war meine Gabel nicht gerade sauber, so dass sich das Restaurant eigentlich als Fehlschlag erwies.

Und dann lud Elizabeth Greta ein, mit uns ins Kino zu gehen. Wir machten uns auf den Weg, und schon da überlegte ich, wie ich vermeiden konnte, neben, Sie wissen schon, zu sitzen. Es war aber ein schöner Spaziergang zum Kino in der Abendsonne, es machte Laune, zusammen auszugehen. Als wir zum Kino kamen und unsere Eintrittskarten kauften, sah Elizabeth einen Zettel, der mit Klebeband außen am Ticketschalter befestigt war. Darauf stand: Jenny Robertson deine Freundin kommt nicht. Elizabeth las es uns vor und lachte so, wie sie es tut, wenn sie etwas bemerkt hat und ihr dazu etwas Kluges eingefallen ist. Greta schaute sich den Zettel an und las ihn auch vor, sagte, ach, das ist ja traurig, das hat etwas sehr

Trauriges. Ich stimmte zu, ja, sagte ich, schade, nicht, jetzt wird sie sich extra auf den Weg zum Kino gemacht haben und wird den ganzen Weg zurückgehen müssen, wenn sie sich den Film nicht allein ansehen will. Ganz schön aufwendig, falls sie weiter weg wohnt, und was, wenn sie sich sogar ein Taxi geleistet hat? Insgeheim jedoch dachte ich, wenn Jenny Robertson genau in dem Moment im Kino aufgetaucht wäre, dann würde Elizabeth sie wahrscheinlich von irgendwoher kennen und hätte *sie* auch eingeladen, sich uns anzuschließen.

Der Film war ziemlich gut, es war einer von Elizabeths Lieblingsfilmen, deshalb waren wir ins Kino gegangen. Er handelte von zwei Jungen, die während des Kriegs zur Schule gehen, und einer ist Jude, der andere nicht, und die Nazis holen den einen schließlich ab und bringen ihn weg. Der Film war auf Französisch, und ich hab eine ganze Menge doch verstanden, obwohl ich nicht in Frankreich war wie sie. Der Film hat mir gefallen, aber ich konnte mir schon vor Schluss denken, wie er ausgeht. Etwas überraschend war aber doch, dass darin nichts über die Lager vorkam. Hinterher, Elizabeth war zur Toilette gegangen, und ich war mit Greta allein, wusste ich nicht, was ich sagen sollte, und fragte Greta deshalb nach ihrer Mutter und dem Rückwärtszählen bei der Geburt. Greta sah mich verständnislos an, und ich erklärte es genauer, erzählte von dem Filmregisseur und dem Rückwärtszählen ab dreißig, von der Schönheit und dem Arzt und ihrer Mutter. Greta sah mich an, als ob ich verrückt wäre, und zum Glück kam da gerade Elizabeth wieder, und ich brauchte die Unterhaltung nicht fortzusetzen.

Wir standen vor dem Kino auf der Straße, und Elizabeth sagte, sie bringe Greta nach Hause, weil sie in derselben Richtung wohnten, und Greta sagte, danke, Liz, und Elizabeth fragte, ob das für mich in Ordnung war. Ich sagte, klar, und es war sogar lustig, weil wir die Einzigen waren, die an den Bushaltestellen standen, ich auf der einen Straßenseite und sie gegenüber, und wir kicherten und winkten uns eine Weile gegenseitig zu, und dann kam ihr Bus und fuhr ab, und ihre Haltestelle war leer. Ich musste im Dunkeln zwanzig Minuten auf meinen warten, und als er kam, musste ich ein Pfund in den Fahrkartenautomaten stecken, und es war einer der Busse, in denen der Automat kein Wechselgeld herausgibt.

Ins Kino

I

Es gibt das Kino, die Kartenabreißerin, den Zuschauer, dessen Eintrittskarte abgerissen wird, und den Film, der im Dunkeln läuft. Heute ist es *Kinder des Olymp*, ein wiederaufgeführter französischer Klassiker, vor fast einem halben Jahrhundert gedreht, als man in den Wochenschauen Hitler gezeigt bekam, wie er mit leutseliger Miene vor dem Eiffelturm als Hintergrund steht. Der Film entstand in einer Zeit, in der die Pariser, wenn sie ins Kino gingen, gezwungen waren, sich dieses Bild anzusehen, und bewaffnete Polizisten die Türen absperrten und vor der Leinwand standen und ins Publikum blickten und kontrollierten, dass die Reaktionen ja ausfielen wie erwünscht. Der aufwendig inszenierte Film spielt im neunzehnten Jahrhundert und handelt von einer Frau, die nicht das Eigentum eines Mannes sein will, weder eines ihrer zahlreichen Bewunderer noch des Mannes, den sie wirklich liebt; für das Publikum stand der Film, als er herauskam, für ein befreites Frankreich. Nach dem Krieg kam die Hauptdarstellerin für kurze Zeit als Kollaborateurin in Haft; sie hatte während der Dreharbeiten eine Affäre mit einem deutschen Offizier gehabt.

Der Film ist in Schwarzweiß und dauert über drei Stunden. In der letzten Szene sieht der Mann, wie die Frau, die er wirklich liebt, nach ihrer einzigen Liebesnacht fortgeht. Sie taucht ein ins Gewühl einer Straße voller ausgelassen lärmender Karnevalisten, verschwindet in einer wartenden Kutsche. Der Zurückbleibende ruft ihren Namen, ist gefangen in einem Meer gleichgültiger Passanten. Heute klatschen die Zuschauer sogar, als der Vorhang nach dem Ende des Films wieder zugeht, sind aufgewühlt und lassen sich Zeit beim Gehen. Sie staunen über die Klarheit der Kopie, sie unterhalten sich angeregt und gestikulieren, während sie in kleinen Grüppchen durch den Notausgang in die Sonne treten. Es ist immer noch mein Lieblingsfilm, wahrscheinlich sogar mein absoluter Lieblingsfilm, lässt sich ein Mann vernehmen. Er ist so romantisch, sagt eine Frau, ich hab jeden Augenblick genossen, ich dachte erst, er würde mir zu lang werden, aber ich hab gar nicht gemerkt, wie die Zeit vergangen ist.

Kinder des Olymp ist eine sichere Bank. Sogar bei einer Sonntagsvorstellung am Vormittag um zehn, das wissen die Betreiber des Kinos, ist er ein Kassenschlager. Und zwar jedes Mal, wenn sie ihn ins Programm nehmen; diesen Vormittag reichte die Warteschlange vor Öffnung des Kinos bis in die Querstraße um die Ecke.

Aber vielleicht läuft heute Vormittag auch ein Klassiker jüngeren Datums, *Der unsichtbare Dritte* oder *Barbarella* oder *Taxi Driver* oder *Betty Blue – 37,2 Grad am Morgen*. Oder ein ganz neuer Film, der trotzdem schon ein Klassiker ist, wie *Wilde Hunde*, oder ein Musical, gedreht in dem in Vergessenheit geratenen CinemaScope, oder ein Autorenfilm oder Thriller. Mit Klassikern holt man die Leute auch sonntags aus den Federn. Schwarzweißfilme, Stummfilme oder französische Filme aus den Fünfzigern und den Sechzigern sind im Allgemeinen Klassiker; Filme mit Kultstatus und sehr lange oder sehr kontroverse Filme zählen auch. Gut macht sich, wenn man etwas hat, was für die Geschichte der Filmkunst nicht ganz unwesentlich ist; vielleicht wird heute Vormittag ja *Die Geburt einer Nation* von D.W. Griffiths gezeigt, ein Film von 1915, der, so steht es in den Programmnotizen, von Steven Spielberg und Spike Lee als »das bedeutendste Werk der Filmgeschichte« bezeichnet wurde. Das ist der Film, der den Ku-Klux-Klan zu Helden stilisierte. Die heutigen Zuschauer machen schockierte wissende Geräusche bei den Bildern, die den ätzenden Rassismus dieses Klassikers zeigen.

Vielleicht gibt es auch eine Doppelvorstellung mit zwei Filmen der französischen Nouvelle Vague, einem von Truffaut und einem von Rivette. Oder, nein, heute bringt das Kino eine Doppelvorstellung zum Thema Leinwandgöttinnen, es laufen zwei Filme mit dem Stummfilmstar Louise Brooks, beide gedreht, kurz bevor ihr gigantischer Ruhm zu verblassen begann. Zuerst kommt der berühmte Film *Die Büchse der Pandora*, dann der weniger bekannte *Prix de Beauté* aus dem Jahr 1930, eine seltene Gelegenheit, ihn heute zu sehen. In dem Film spielt Brooks eine gewöhnliche junge Frau, die ein langweiliges Leben führt, bis sie an einem Schönheitswettbewerb teilnimmt, gewinnt und danach ein berühmter Filmstar wird. Zuletzt wird sie in einem Kinosaal erschossen, als sie sich ihren eigenen Film ansieht, ermordet vom Geliebten, der eifersüchtig auf ihren Erfolg ist und über ihren Verlust den Verstand verloren hat. Sie stirbt vor einer Leinwand, auf der ihr Gesicht eben in Großaufnahme zu sehen ist, das ist das Ende des Films, der Vorhang schließt sich, das Licht geht an, und das Publikum strömt hinaus zum Mittagessen und zur Sonntagszeitung.

Nun geht die Frau, die sonntagvormittags an der Kinotür die Karten abreißt, durch die leeren Reihen und hebt auf, was die Zuschauer fallen gelassen haben, damit die nächste Kartenabreißerin und das Nachmittagspublikum ein nett aussehendes Kino vorfinden. Sie bleibt stehen und richtet sich wieder auf, in der Hand raschelnde Tüten und weggeworfene Programme; sie zieht ein finsteres Gesicht. Geht zu dem Müllkübel am Eingang und stopft den Abfall dieses Vormittags weit nach unten.

Das Kino ist leer, die letzten Zuschauer haben die Toiletten und die hinteren Reihen verlassen und sind zur Tür hinaus. Die Kartenabreißerin zieht die schwere Brandschutztür nach innen zu. Sie merkt nicht, dass draußen jemand an der Wand gegenüber lehnt und zusieht, als die Tür geschlossen wird. Jemand steht dort, die halb durchgerissene Karte für den heutigen Film klebt noch an der verschwitzen Hand. Die Kinokarte ist genau dieselbe wie an allen anderen Sonntagvormittagen, grau und auf beiden Seiten mit Wörtern bedruckt. Auf der einen Seite der zerrissenen Karte steht Einzelkarte, auf der anderen Gültig für eine Vorstellung. Kurz nach dem Schließen der Türen ist kein Mensch mehr vor dem Kino auf der Straße.

II

Die Postkarte von Louise Brooks hatte ich schon jahrelang in einem Wechselrahmen bei mir an der Wand hängen, bevor ich überhaupt wusste, wer sie war: schwarzer Bubikopf, schwarze Lippen, weißes Profil, einreihige weiße Perlenkette. Unter dem Bild von sich lag sie selber, tot. Bei der Vorstellung, wie sie an der Himmelspforte ankommt, frage ich mich, als welche Louise Brooks. Wenn die Ältere käme, würde noch mehr auffallen, wie knochig sie war. Nur noch Haut darüber. Oder kam vielleicht die Trinkerin Louise Brooks, die auf der angeschmutzten Chaiselongue lag, die Tasche ihres Kleids ausgebeult von der Ginflasche, und einen Moment an die Decke starrte und im nächsten herumschrie, Gott mit ihrer erstaunlich klaren Aussprache für ihr verkorkstes Leben verfluchte? Oder war es der Star, die strahlende Schönheit, die Unschuld, die weiß, wie der Hase läuft, die junge Frau, so zierlich, dass sie wie in dem Film heute Vormittag auf den Armen eines starken Mannes schaukeln kann, als wären sie ein Trapez, die in einem weichgezeichneten Halo an Petrus vorbeischwingt wie eine Heilige dieser Tage und der Jungfrau Maria schüchtern zulächelt, im Begriff, Gott zu verführen, ihr einen Segenskuss und eine Hauptrolle zu geben?

Was für eine Posse! Selbst wenn es einen Himmel für gute Katholiken gäbe, käme man ja nicht in körperlicher Gestalt hinein, das blieb Jesus und Maria vorbehalten. Es gibt nur die Werbung dafür. Es ist nur Reklame, alles im Fernsehen und in den Filmen. Zumindest ahnt man hier, dass es möglich sein könnte, zumindest glaubt man, das alles habe eine Würde, eine billige Würde. Ich glaube, am besten gefällt mir daran, wie kitschig es ist. Irgendwo sieht irgendwer zu, ist irgendwer interessiert. Das ist das Versprechen – und die Lüge.

Der Unterschied ist, dass ich sonntagmorgens jetzt mit einem guten Gefühl aufstehe. Fast genau vor einem Jahr habe ich aufgehört, zur Messe zu gehen. Die eine Woche war ich noch dort, sprach die Worte und machte alles – setzen, knien und stehen – genauso wie die anderen, und mir fiel ein Paar auf, das ich von hinten auf mittleres Alter schätzte. Urlauber, der hoffnungsfrohen Kleidung nach zu urteilen. Zwischen den beiden lehnten Krücken, und sie waren bis jetzt jedes Mal sitzen geblieben, wenn man bei der Messe eigentlich knien sollte. Nun folgte die Wandlung, und mit Ausnahme der beiden knieten alle nieder. Als ich den Kopf hob, standen sie.

Der Priester am Altar machte eine zu lange Pause zwischen einer Zeile und der nächsten, die Messe geriet ins Stocken. Derselbe Priester hatte einmal angeordnet, dass der Haupteingang im hinteren Teil der Kirche bei der Kommunion verschlossen wurde, damit die Leute im Anschluss daran nicht immer gleich gingen, denn vor dem Segen zu gehen, sagte er, sei Gott gegenüber ebenso unhöflich, wie es das gegenüber Braut und Bräutigam wäre, liefe man mitten in der Trauung davon. Vor einigen Monaten hatte er darüber gepredigt, wie lächerlich und anmaßend es sei, dass in Amerika Frauen verlangten, ebenfalls geweiht zu werden, und an gewissen liberalen Orten Priester dazu gebracht hatten, die ganze Messe hindurch von Gott als »ihr« statt als »ihm« zu sprechen. Undenkbar, dass er ein Geschlecht habe, sagte er. Derselbe Priester hatte in einer der ersten Messen, die ich in dieser Stadt besuchte, ohne irgendeine Begründung behauptet, der übelste und sündhafteste Mensch des zwanzigsten Jahrhunderts sei nicht Hitler oder Stalin gewesen, sondern Andy Warhol. Die Priester kommen und gehen, wenn man als Katholik aufwächst, und ich habe schon alle möglichen Priester erlebt. Manche waren wohl wirklich heilige Männer, manche Narren, manche sehr gelehrt, wieder andere gaben einem das Gefühl, dass in der Messe etwas Reales geschah, und bei ihnen stellte es sich vergleichsweise mühelos ein. Und nun bescherte der Mann am Altar, der innegehalten und von seinem Buch aufgeblickt hatte, der Mann, der das zwischen den Knienden stehende Paar scharf in den Blick nahm, mir einen Moment von Realität.

Da und dort hoben sich Köpfe, um zu sehen, warum es an

der falschen Stelle plötzlich still geworden war. Der Priester, der einzige andere, der auch stand, beugte sich vor und sprach in sein Mikrofon. In der Messe, sagte er, stehen wir, die versammelte Gemeinde dieser Kirche, in diesem Moment *nicht*. Wir, die versammelte Gemeinde dieser Kirche, *knien*. Wer das geheiligte Ritual der Messe an dieser heiligen Stätte nicht befolgen will, sollte hier nicht die Messe feiern wollen.

Der Nacken des stehenden Mannes, das konnte ich sehen, war dunkelrot angelaufen. Seine Frau hantierte aufgeregt mit den Krücken. Ich verfolgte, wie der Mann sich abmühte, ein steifes Knien zustande zu bringen, seine Frau, die bereits auf den Knien lag, bot ihm stützend den Arm. Das monotone Näseln des Priesters zog wieder über unsere Köpfe, und da stand ich auf. Die Leute in meiner Reihe mussten sich aufsetzen, um mich durchzulassen. Ich machte kehrt und lief durch den Mittelgang nach hinten, legte mein Gesangbuch auf den Stapel und durchquerte den Raum bis zu der großen Glastür. Sie öffnete sich automatisch wie die Türen an Flughäfen und Bahnhöfen, sie war im vorigen Jahr eingebaut und als wichtiger Fortschritt für die Kirche begrüßt worden. Noch nicht für die Kommunion verschlossen, glitt sie auf, als ich auf den Gummibelag trat, und glitt einige Sekunden später mit einem feinen Luftzug wieder hinter mir zu und schloss die Messfeier ein. Ich ging zum Kiosk und kaufte wie üblich meine Zeitungen, ging nach Hause und machte für Geoff und mich ein großes, fettiges Frühstück, schlecht fürs Herz, das wir im Bett aßen. Das war mein letzter Besuch der Messe. Ich ging nicht mal mehr zu Weihnachten. Jetzt lasse ich die Leute hier herein, sehe mir von meinem Klappstuhl aus zusammen mit ihnen den Film an – auch wenn das Kino sehr voll ist, kann ich ausgezeichnet sehen, habe einen der besten Plätze im Saal.

Wenn der Abspann beginnt, laufe ich im Dunkeln zur Brandschutztür und reiße sie auf. Dann knallt das Tageslicht herein, die Leute auf den Plätzen direkt an der Tür drehen die Köpfe weg. Ich finde mich im Dunkeln inzwischen gut zurecht, das muss ich. Zu meiner Arbeit gehört auch, dafür zu sorgen, dass niemand verbotenerweise raucht und dass niemand laut spricht oder sonst etwas tut, was andere stört, aus raschelnden Tüten oder aus Plastik isst zum Beispiel. Wenn alle Zuschauer draußen sind, sammle ich den Abfall ein, der zwischen den Reihen liegengeblieben ist, die Apfelreste und leeren Dosen, die weggeworfenen abgerissenen Kinokarten. Ab und zu mal ein Kondom.

Der Projektor, den sie hier haben, macht ein Geräusch, als falle irgendwo in der Ferne starker Regen. Manchmal ist es ein Schock, die Tür zu öffnen und zu sehen, dass das Pflaster trocken und der Himmel klar ist. Ich kann sogar den kurzen Moment vor dem Einlass der Zuschauer genießen. Die uralte Farbe an den Wänden. Die in den Teppich getretenen Wege. Die Vorhänge, die mit einem Surren vor der Leinwand zurückfahren wie ein viktorianischer Zaubertrick.

Wie sehr es Geoff fuchst, dass meine Arbeit mir gefällt, war mir nicht klar. Gestern waren Chris und Mike zum Abendessen da, und erst da habe ich es richtig verstanden, weil wir beim Thunfischsalat an einem toten Punkt angekommen waren. Ihn erzürnt offenbar vor allem, dass ich den Müll anderer Leute aufhebe, dafür sollte das Kino eine Maschine haben, oder es sollte von einer Reinigungskraft oder von Teenagern, die nur Hauptschule haben, erledigt werden. Ich geriet ganz aus der Spur, als er das sagte. Meine Hand mit der Gabel und der aufgespießten Scheibe Ei blieb vor meinem Mund in der Luft stehen. Ich hatte ihnen gerade den Dialog von Belmondo und Seberg – *tu es vraiment dégueulasse* – vorgetragen, hatte ihnen die Machart des Films erklären wollen, er springt nämlich mit Absicht hin und her, so dass die Personen auf der Leinwand einen Moment noch an einer Stelle sind, wegen des Bildschnitts aber einen kleinen Sprung machen und im nächsten Moment schon ganz woanders sind. Chris sagte, sie habe *Außer Atem* mal im Fernsehen gesehen, sich aber gelangweilt und ausgeschaltet. Im Fernsehen sind die Filme nicht so gut, was sollte ich dazu sagen? Ich hatte erzählt, dass bei einem Film von Woody Allen mal Zuschauer rausgegangen waren, weil ihnen von der Handkamera schlecht wurde. Hatte ihnen wie eine Idiotin Stücke aus dem Song vorgeträllert, den das Mädchen zu Beginn von *Die Schöne und das Biest* singt, weil ich erklären wollte, dass Szenen in einem Zeichentrickfilm genauso gut oder sogar besser sein können als in einem Film mit richtigen Darstellern. Gott, sagte ich, alles ist möglich. Ich quasselte wahrscheinlich zu viel. Bestimmt verstieß ich mit meiner Begeisterung gegen die Regeln des guten Geschmacks.

Hab ich dann eben den Mund gehalten, auch gut. Ich wollte nämlich gerade erzählen, dass ich geradezu lächerlich zufrieden mit mir bin, wenn jemand Geld verloren hat und ich es zwischen den Sitzreihen finde. Vorletzte Woche habe ich einmal drei Pfund fünfzig vom Boden aufgeklaubt. Zwanzigtausend im Jahr, und ich bin aufgeregt, wenn ich drei fünfzig schwarz einstecken kann. Die Münzen klimperten in meiner Tasche, als ich das Kino verließ, ich kaufte mir davon ein Schinkensandwich und die Sonntagszeitung und aß das Sandwich beim Lesen in der Sonne, saß auf der Mauer vor dem Einkaufszentrum. Es war der Tag, an dem ich in der Zeitung las, was sie bei uns schon die ganze Woche im Fernsehen gebracht hatten, dass nämlich in Bosnien Leute anderen Leuten die Köpfe mit Kettensägen abschnitten und dass es Lager gab, in denen Frauen nur zu dem Zweck eingesperrt werden, sie zu vergewaltigen. Ich saß lange auf der Mauer und wusste nicht, was ich dagegen unternehmen oder wie ich es überhaupt schaffen sollte, das zu glauben. Ich sah mir die Bilder ganz genau an. Ich kam erst um vier nach Hause, und meine Arme waren von der Sonne braun geworden. Ich machte Geoff weis, es sei ein sehr langer Film gewesen, meine erste Lüge seit längerem, und ich war richtig aufgeregt.

Geoff machte uns Cappuccino und rief über den Lärm der Maschine hinweg, ich hätte eine vulgäre Ader, deshalb arbeitete ich im Kino, und wir lachten, er und Mike am meisten. Interessant, dass er so reagiert. Ich weiß nicht, wie ich es sonst bezeichnen soll. Früher, vor Jahren, als das mit uns anfing, das enge Aneinanderschmiegen war für uns noch neu, erzählte er mir eines Nachts, wie er darauf gekommen war, dass er mich liebte. Er war wegen einer Erkältung nicht auf Arbeit, saß am Nachmittag vor der Glotze, zappte sinnlos die Kanäle durch und sah sinnlos einen schrecklichen Film auf Channel Four, in dem ein wie in den Sechzigern angezogener Mann mit einem Fahrrad, das für ihn zu klein ist, durch hübsche grüne Viertel von London kurvt. Er rollt im Leerlauf einen Hügel hinunter, merkt plötzlich, dass die Bremsen seines Rads nicht funktionieren und kracht letztendlich in eine große Reklametafel, auf der Werbung für Räder von Raleigh gemacht wird. Als er unter der Reklametafel die Augen aufschlägt, sieht er als Erstes das Model, das die Räder anpreist, und verliebt sich in sie. Und genauso war es mit dir, flüsterte Geoff mir zu. Als wäre ich in eine Reklametafel gekracht, auf der groß dein Name stand und du drei Meter hoch abgebildet warst. Ich konnte nichts machen, sagte er. Ich streichelte ihm den Kopf. Wusste, was er meint. Ich war glücklich. Ich war eigentlich sogar ziemlich lange glücklich.

Aber jetzt ist alles so offensichtlich. Wir haben alles richtig gemacht, jeder hat seine Arbeit, wir haben die Wohnung gekauft, waren in sämtlichen Restaurants mal essen, haben die Lebensmittel immer bar bezahlt und die Extras mit der Geldkarte, wir haben sogar schon darüber gesprochen, die Abendkurse in Italienisch und Kunst zu belegen. Leider ist Chris schwanger, sie hat es uns gestern Abend gesagt. Mike war ganz aufgeregt. Geoff dann auch gleich. Die Vorhersehbarkeit, die missfällt mir daran am meisten. Nach einer Weile wollte ich das Thema wechseln. Von Filmen zu erzählen habe ich mich nicht mehr getraut, und sonst ist mir nur der Leserbrief eines Priesters eingefallen, der an einem Buch über das Phänomen der spontan ihre Farbe wechselnden Rosenkränze schrieb. Er wollte untersuchen, wann, wo und unter welchen Umständen die Rosenkränze verschiedener Personen sich veränderten und ob dieser Wechsel einem bestimmten Muster folgte. Es hat nicht funktioniert. Darum geht's doch letztlich beim Bumsen, sagte Geoff zu mir, während ich den Abwasch machte. Er schob von hinten die Arme um mich und stopfte mir die Zunge ins Ohr. Gott, wie ich dieses Wort hasse: bumsen. Geoff wurde sehr zornig, bevor er einschlief, und sein Schnarchen hielt mich hinterher stundenlang wach. Auf der Couch konnte ich schließlich ein bisschen schlafen. Sein Schnarchen hat mich bereits mehrere Wochen Schlaf gekostet.

Wenn ich könnte, würde ich alle Tage ganztags hier arbeiten, am liebsten würde ich die ganze Woche so verbringen, bei Musik, die einem sagt, wann man etwas fühlen soll und was; schlafen könnte ich während der Filme, die ich schon gesehen habe. Auf das Gehalt würde ich sofort verzichten, ich geb's eh bloß für Sachen aus, die ich im Grunde nicht haben will. Freitag war ganz typisch, da kam der Weihnachtskatalog. Ich musste den Prospekt und die Farbbeilage in der Zeitung durchgehen, mit denen vor allem stark eingespannte Hausfrauen und ältere Leute angesprochen werden, die nicht die Kraft haben, in Geschäfte zu gehen. Weihnachten hat einen besonderen Zauber, wir freuen uns darauf und sind bei den Vorbereitungen so aufgeregt wie Kinder. Aber wäre es nicht ein Segen, wenn Sie das gefürchtete Geschenkebesorgen dieses Jahr gleich vom Sessel aus erledigen könnten? Mit Homeshop werden Weihnachtswünsche wahr. Ob etwas Ausgefallenes oder eine lustig verpackte Kleinigkeit für einen Freund oder etwas Besonderes für jemanden, der Ihnen wichtig ist, Ihre Weihnachtsgeschenke liegen bei uns bereit. Und das portofrei! Der Homeshop-Weihnachtskatalog ist unser Geschenk für Sie.

Immer einen vertraulichem Ton anschlagen, ungezwungen sein, herzlich, das Wort *besonders* so oft wie möglich verwenden. Ich würde ja jedem, der die Rückantwort ausfüllt, kostenlos einen kleinen Plüsch-Eisbären schicken, der einen Weihnachtsbaum in der Pfote hält, und eine Folge senden, in der das unverbindliche Werbegeschenk im Mittelpunkt steht: Der Kuschelbär hilft Ihnen beim Einkaufen mit Homeshop. Sie fanden die Idee sehr gut, sie rückt Familien ins Zentrum der Werbeaktion, Kinder werden den kostenlosen Bären haben wollen, Mütter werden den Katalog lesen. Ein Geschenk für ihre Kinder. Die Welt ist, wie sie sein soll. Ich hatte wieder etwas geleistet. Ich bin eine Spitzenkraft.

Hier sehe ich mir die Werbung an, die vor den Filmen kommt. In einer Reklame fährt eine junge Frau in einem weißen Volkswagen bis an den Rand einer Klippe. Es ist dunkel, sie weint, ihr Ellbogen scheint mit einer Andeutung von Sinnlichkeit unter der Bluse durch, vage auch die Brust. Die Frau ist am Boden zerstört, müde, traurig; alles ist aus. Da sieht sie plötzlich den Nescafé auf dem Rücksitz liegen, sie stöpselt einen Heizstab ins Armaturenbrett ein und macht sich mit Mineralwasser, das sie zufällig auch dabeihat, eine Tasse. Der Morgen dämmert, sie trinkt den Kaffee, die Sonne geht auf, ihr ist schon viel leichter. *It's going to be a bright bright bright sunshiny day.* Wie schwarz du auch gesehen, wie viel du auch geweint hast, mit Instantkaffee gibt es immer ein Morgen.

Stimmt ja auch. Wenn man daran glaubt, stimmt es. Ich hasse es. Ich liebe es. Ich liebe dieses Kino, die ganze Woche tischt es den Leuten Lügen auf, und an den Sonntagvormittagen tischt es ihnen Klassiker auf. Wenn ich nach der Arbeit heimgehe, hab ich die von den Kinokarten abgerissenen Ecken in sämtlichen Taschen. An regnerischen Sonntagen füllt es sich schnell mit Leuten, mit dem Geruch von nassem Tier. An heißen Sonntagen springt die Klimaanlage an, und wir sind froh über das Dunkel, die große kühle Höhle. Die Werbung schlucken wir bei jedem Wetter gern wie süße Vitamintabletten, dann lehnen wir uns zurück und nehmen die Filme in uns auf. Die nächsten Sonntage werden gut. Als Zweitfilm läuft nach *Das siebente Siegel* einmal einer von den Marx Brothers, einmal *Rashomon* und einmal in einer restaurierten Kopie der *Zauberer von Oz*, die strahlende Judy Garland in dem zu engen Schürzenkleid und mit den roten Schuhen, wenn sie wieder die spiralförmig gewundene Straße aus gelben Steinen entlanghüpft. Kansas, sagt sie, ist der Name des Sterns, das singt die gute Hexe. Vieles davon kenne ich in- und auswendig.

Löwen und Tiger und Bären – ach herrje! Das sagen Dorothy, die Vogelscheuche und der Blechmann, als sie Angst haben, in den dunklen Wald zu gehen. Sie haken sich unter und singen es immer wieder. Löwen und Tiger und Bären – ach herrje. Wird Spaß machen, mir das anzusehen.

III

Ich bin in die Frau verliebt, die sonntagvormittags an der Kinotür Karten abreißt. Ich liebe sie. Ich bin unsterblich in sie verliebt. So verliebt war ich noch nie.

Ich kann nichts essen. Kann nicht schlafen. Mein Mund ist wie ausgedörrt, die Zunge klebt mir am Gaumen. Ich muss ununterbrochen an sie denken. Wenn ich ihr meine Karte zum Abreißen hinhalte, berühren sich unsere Hände manchmal. Ihre Finger sind sehr schön, sie kaut an den Nägeln, ich hab sie schon dabei gesehen. Ihre Knöchel sind sehr schön. Wenn ich jede Woche auf der Treppe an ihr vorbeigehe, sie mir die abgerissene Kinokarte wiedergibt und manches Mal dabei lächelt, kriege ich keine Luft mehr, als hätte ich einen dicken Kloß im Hals. Wenn ich mich auf einen Platz setze und daran denke, dass bloß dünne Luft zwischen uns ist, habe ich das Gefühl, irgendetwas in mir schnürt sich so eng zusammen, dass es zerbricht und ich in Einzelteilen zu Boden falle. Sie merkt das gar nicht. Merkt es nicht, wenn ich zu ihr rübersehe. Ich beobachte sie die ganze Zeit im Dunkeln, und sie weiß nicht mal was davon.

Im Licht des laufenden Films sehe ich sie im Profil. Ich sehe es immer, wenn sie sich mal anders hinsetzt. Wenn sie die Finger in den Mund steckt. Sich das Auge reibt. Durchs

Haar fährt. Sich die Nase reibt, die Muskeln an ihrem Nacken knetet. Es knarrt leise, wenn sie sich auf ihrem Stuhl anders hinsetzt, ein Bein über das andere schlägt oder wieder auf den Boden stellt, die Arme verschränkt oder sich, die Ellbogen auf die Schenkel gestützt, vorbeugt. Ich mag die Geräusche, die sie macht. Ich horche, ob sie hustet oder sich räuspert oder schnieft. Manchmal schläft sie mitten im Film ein. Ich sehe genau, wann ihr die Augen zufallen und wann sie sie wieder öffnet. Bei ihr achte ich auf alles. Einmal hat sie die Schuhe ausgezogen und mit den Füßen von sich geschoben, ich konnte es nicht richtig erkennen, ohne mich zu weit über meinen Sitznachbarn zu beugen. Und einmal war ich vor Beginn des Films fast fünf Minuten lang allein mit ihr im Saal. Fünf volle Minuten, bloß ich und sie. Als das Licht ausging, waren die leeren Reihen zwischen uns wie lauernde Katzen.

Seit sie mir die abgerissenen Eintrittskarten in die Hand drückt, sammle ich sie. Ich bewahre sie in einem Koffer unter dem Bett auf. Jeden Sonntag lege ich eine dazu. Ich strecke mich im Dunkeln auf dem Bett aus. Wenn wir beide eine Busreise unternähmen und sie an einer gefährlichen Klippe am Notausgang zur Tür hinausfiele, würde ich in null Komma nichts hinter ihr herspringen und sie retten, bevor sie in die Schlucht stürzt, würde ihre Hand in dem Moment packen, da sie sich nicht mehr an der Baumwurzel halten kann, würde sie huckepack die steile Klippe hinauftragen, ihre Arme um meinen Hals geschlungen, und alle im Bus würden klatschen, wenn wir wieder oben sind und sie die Augen aufschlägt. Wenn wir über einer Flammengrube stünden und die Flammen nach uns züngelten und ich die Wahl hätte, wer von uns beiden hineingeworfen wird, ich oder sie, würde ich nicht zögern und mich in das lodernde Feuer werfen und unwiederbringlich zwischen den geschmolzenen Felsen verschwinden. Dann würde sie verstehen, wie viel ich für sie geben würde. Wenn wir uns in der Wüste verirrt hätten, sie und ich, nicht mal mehr für zwei Tage Wasser und nur noch einen Pfirsich hätten, würde ich mich in den glühenden Sand setzen, den Pfirsich nehmen und die samtige Haut mit den Zähnen für sie abziehen, ihr dann den geschälten Pfirsich geben, ihr das nasse Fruchtfleisch in die Hand legen, ihn ihr vielleicht an den Mund halten, wenn sie mich lässt, damit ihr nicht die Lippen aufplatzen. Dann wüsste sie Bescheid, dann würde sie sich mir hingeben. Dann brauche ich sie nicht mehr bloß im Kopf mit mir herumzutragen, sondern kann die Fäden ziehen und sie machen lassen, was ich will und was mir gefällt. Am Morgen klebt mir wieder die Zunge am Gaumen.

Nur sonntagvormittags nicht, da ist es anders. Ich lasse gern mal was zu Boden fallen, sie ist ja diejenige, die es aufhebt. Einmal wickelte ich Kaugummi in ein Stück Silberpapier und ließ es liegen, damit ich mir vorstellen konnte, wie sie es aufhebt und das Papier noch warm ist von meinem Mund. Manchmal lasse ich Geld fallen. Ich male mir gern aus, wie sie in einem Geschäft etwas mit Geld bezahlt, das aus meiner Hand kam. Ich lasse andererseits aber auch nicht zu viel fallen, denn dann gibt sie es womöglich an der Kasse ab und verbraucht es nicht selber.

Wir kommen uns nun sehr nahe. Ich gestatte mir jede Woche, einen Platz näher an sie heranzurücken. Jetzt, im Sommer, hat sie Trägershirts an, und ich sitze so dicht neben ihr, dass ich ihr Schlüsselbein sehe. Die Mulde ist eine der Stellen, die ich in der Phantasie berühre. Keine Ahnung, was ich tue, wenn ich auf dem Platz direkt neben ihr angekommen bin. Vielleicht laufen wir uns vorher mal in einem Laden oder im Supermarkt über den Weg, und sie sieht mich und sagt: Oh, Sie kommen doch ins Kino, nicht, wollen wir einen Kaffee trinken gehen? Oder ich sage: Oh, ich sehe Sie doch, wenn ich ins Kino komme, nicht, und sie sagt: Ja, ich habe das Gefühl, Sie sehr gut zu kennen, weil ich Sie jede Woche sehe, und ich sage: Gehen wir doch einen Kaffee trinken, und sie sagt: Ja, gern. Ich frage sie, ob sie was mit mir trinken gehen würde oder ob sie ins Kino gehen möchte, und sie lacht. Dann sind wir Freundinnen, das ist der Anfang. Ich halte immer Ausschau nach ihr, wenn ich im Supermarkt bin oder in der Stadt einkaufe. Aber woanders habe ich sie noch nie gesehen. Ich sehe sie nur, wenn ich ins Kino gehe. Ich kann sie nur dort finden, sie ist jede Woche da. Ich gehe jede Woche. Ich liebe sie von dem Augenblick an, als ich sie dort das erste Mal sehe.

IV

Es ist wieder Sonntagvormittag. Das Kino ist zu drei Vierteln gefüllt, das Licht geht aus. Die Kartenabreißerin schließt die Außentür, zieht den Vorhang zu, schließt einen Flügel der Innentür und wartet an dem noch offenen Flügel auf Nachzügler. Der Vorhang vor der Leinwand fährt zurück. Dahinter erscheint ein Bild: griechische Säulen, in einem blauen Himmel darüber die Wörter Pearl und Dean; ein Fanfarenstoß erschallt. Nun folgen Bilder eines tropischen Strands, eines Papageis, einer schönen, dünnen dunkelhaarigen Frau mit langen Beinen und einladendem Blick, und dann trinken ein paar Leute in einer Strandbar Bacardi und brausen unter einem herrlichen nächtlichen Himmel mit einem Motorboot über den Ozean. Als Nächstes läuft ein junger Mann, hinter dem viele Leute hergehen, durch eine amerikanische Stadt und vergräbt seine Jeans in einem Erdloch. Eine junge Frau fährt mit dem Auto bis an den Rand einer Klippe und macht sich eine Tasse Kaffee. Ein geflohener Häftling bricht in seine eigene Zelle ein und bringt seinen Zellengenossen Cornflakes mit. Ein Mann durchquert eine Wüste und schlägt sich an einer riesigen Bierflasche den Kopf an.

Und jetzt der Hauptfilm. Eine Frau geht im Trubel lärmender Karnevalisten auf einer Straße verschütt, und ein Mann bleibt zurück und ruft in einem Meer von Menschen ihren Namen. Ein Mann rennt, von einem Flugzeug verfolgt, über ein Feld. Eine Frau ist gefangen in einer Maschine, die ihr Orgasmen verschafft. Ein Mann rasiert sich fast das ganze Haar ab und versteckt überall an seinem Körper Waffen. Ein Mann erstickt seine Freundin in einem Krankenhaus, weil sie erblindet ist und den Verstand verloren hat. Männer erschießen sich in einer Lagerhalle gegenseitig. Eine Frau wandert durch ein Krankenhaus und spielt verwundeten Soldaten schweigend auf dem Banjo vor. Ein Junge flieht aus einer Besserungsanstalt ans Meer. Zwei Frauen betreten ein Geisterhaus und retten ein kleines Mädchen. Eine Frau wird in der Weihnachtszeit von Jack the Ripper erstochen. Eine Frau wird im Kino von ihrem Geliebten erschossen. Ein Mann wird von Polizisten erschossen, und seine Freundin, die ihn verraten hat, guckt in die Luft und tut so, als verstünde sie seine letzten Worte an sie nicht. Ein Mann in der Lebensmitte erzählt der Kamera, warum er seine Frau nicht mehr liebt. Ein junges Mädchen langweilt sich in der Provinz und verliebt sich in ein Tier. Ein Mann auf einem Fahrrad mit kaputter Bremse fährt gegen eine Plakatwand und wird ohnmächtig. Der Tod spielt Schach. Ein Orchester schwimmt hinaus aufs Meer. Leute sitzen im strömenden Regen und lauschen mehreren Versionen derselben Mordgeschichte. Ein Mädchen und sein Hund sind in einem Haus eingeschlossen, das von einem Orkan in die Luft geschleudert wird, das Mädchen macht in Schwarzweiß die Tür auf und findet sich in einem Technicolor-Paradies wieder. Das ist erst der Anfang, es wird noch alles Mögliche geschehen. Den Preis einer Kinokarte ist es allemal wert.

Toi, toi, toi

Heute stehen wir in den Überresten eines Dorfes und fotografieren die Häuser, denn sie verfallen. Struppige Oliven und andere Bäume, deren Namen wir nicht kennen, wachsen überall an den Stellen, an denen einst viele Blumen waren. Auf manchen Häusern liegen noch Dächer, über anderen nur der Himmel. Geranien wachsen kreuz und quer, leuchten rot; im Licht und Staub am Ende des schattigen Wegs ist die Kombination aus Sonne und der Farbe der Blumen ein Schock, so schön, dass einem die Augen wehtun.

Vier Tage unseres Urlaubs sind schon um, drei haben wir noch. Wir haben jede noch eine Rolle Film für unsere Kameras; in fieberhafter Aufregung hatte ich im Duty Free Shop am Flughafen noch sechs zu einem Sonderpreis gekauft, und seitdem knipsen wir fieberhaft. Zu Hunderten sind auch andere Touristen heute hierhergekommen; nach jedem neuen Ausflugsboot, das anlegt, staksen wieder fünfzig oder sechzig den Steg entlang und fotografieren sich gegenseitig beim Wandern durch die Überreste der zerfallenen Häuser. Wir beide gehen die Sache natürlich künstlerischer und überlegter an, geben uns alle erdenkliche Mühe, nur Fotos zu machen, auf denen keine Personen drauf sind, um die seltsame Atmosphäre von Verlassenheit einzufangen, die an diesem Ort herrscht.

Stein und Holz auf Wasser und Felsen. Vor dreißig Jahren lebten in diesen Häusern noch Menschen, nun ja, starben darin. Ich fotografiere einen Fensterrahmen, in dem Reste der zerbrochenen Scheibe stecken, und schaue mich um. Das Dorf ist eine Mischung aus Geröll und Grün, ich bin nicht sicher, ob das, was davon noch übrig ist, den Pflanzen, Blumen und Bäumen standhält oder von ihnen zersprengt wird. Türen und Türrahmen wellen sich im Stein; bei ein paar Fensterläden habe ich den Eindruck, dass sie sogar nach dreißig Jahren noch leichtgängig sind. Ich fasse sie trotzdem nicht an, was, wenn sie in meiner Hand zerfallen, obwohl es keine Schilder gibt, die das Berühren untersagen. Die Besucher können sich auf der Insel frei bewegen, können in die meisten Hülsen der Häuser hineingehen und die Räume erkunden, wenn sie möchten; vor einige Türen sind zur Sicherheit allerdings Planken genagelt, weil das Haus baufällig ist.

Noch eine Stunde, dann müssen wir wieder am Schiff sein; der Mann, der uns den Vortrag über die Insel gehalten hat, hat vor dem Aussteigen kontrolliert, ob wir alle schon die Tickets für die Rückfahrt haben. Meines hat die Nummer 58, deines die 57. Ich sehe verstohlen nach dir, will wissen, ob es dir gutgeht. Du siehst schon so viel besser aus, richtig erschreckend. Vier Tage im Warmen, und die schwarzen Ringe unter deinen Augen sind fast völlig verschwunden, du bist wieder die Alte, bist unternehmungslustig und hellwach, witzig und schlagfertig, hast von der Sonne Farbe gekriegt. Und das Beste ist, du bist da, wenn ich nachts mal wach werde, denn hier schläfst du durch, wir wachen einander zugewandt auf. Gestern Abend habe ich auf dem Balkon gelesen, und du bist rausgekommen, hast dich übers Geländer gebeugt, vorsichtig nach unten, nach rechts und nach links geschaut, hast gesagt, nicht dass kleine Kinder oder Normalos aus Newcastle unseretwegen noch ein Trauma erleiden, dich an den Fensterladen gelehnt, die Arme um meinen Hals gelegt und mir mit der Zunge eine Olive in den Mund geschoben; sie war warm, ich hab sie gegessen.

Das war ein hübsches Spiel, wir spielten es bis in die Nacht. Den Stein von dem ersten Kuss hab ich jetzt in der Tasche, er ist hart und geriffelt, ich spiele mit den Fingern daran. Ich sehe dir zu, als du dich aufstellst, um eine der Türen zu fotografieren, durch die wir nicht durchgehen sollen. Du ziehst die Kamera auf und lässt erst den plötzlich aufgetauchten Pulk Deutscher vorbei, bevor du abdrückst. Hinter der schief in den Angeln hängenden Tür sehen wir Felsen und das Meer; das Wasser vor dieser Insel ist blauer und klarer als alles, was ich bisher gesehen habe, türkis an den Felsen vor der Küste, dann lila und mit zunehmender Wassertiefe von einem Hellblau, das zwischen hier und dem nicht weit entfernten Festland immer satter wird. Da mir nichts Besseres einfällt, lehne ich mich über eine Mauer und probiere, ob ich alle diese Farben auf ein Foto kriege. Die Menschen, die hier ausgesetzt wurden, haben den Behörden früher viel Kopfzerbrechen bereitet, denn sie sind immer wieder aufs Festland geflohen. Das hat uns der Schiffskapitän erzählt.

Bevor wir hier an Land gingen, ankerte das Schiff an einer Stelle, die Blaue Lagune heißt, damit, wer wollte, schwimmen gehen konnte, doch die Lagune war voller kleiner Quallen, und wir sahen uns über die Reling hinweg an, wie sie zu Hunderten im Wasser trieben und atmeten. Das Schiff fuhr deshalb in eine andere kleine Bucht, die auch Blaue Lagune hieß. Die Betreiber der Tour teilten uns, nach Deutschen, Niederländern und Engländern getrennt, in Gruppen ein, und unser Führer, der Kapitän, erklärte uns, was es mit der Insel auf sich hatte, die wir besuchen wollten.

Als Kind, erzählte er uns, habe er dort gefischt, sich aus der sicheren Entfernung seines Boots mit den Leprakranken angefreundet und sei schließlich der Einzige gewesen, der als

Gesunder einen Fuß auf die Insel setzte, als dort noch Kranke waren. Einen Fuß wohin setzen, das sei eine gute Redewendung, aber eine traurige, denn nun könne er uns berichten, dass viele Leprakranke, die er kannte, Füße und Zehen verloren hatten. Und traurig, aber wahr sei, dass man Leprakranke aus ganz Griechenland auch noch auf die Insel gebracht hatte, als die Krankheit schon heilbar war.

Der Kapitän hieß Manolis. Ich bin immer noch Fischer, sagte er. Tagsüber bringe ich Sie mit Buzz Travel, meiner Reisegesellschaft, der größten an der Ostküste, hierher, und nachts fische ich. Es gebe, sagte er, vier verschiedene Formen von Lepra, und die Menschen, die daran erkrankten, trugen den Erreger erst sieben Jahre lang unbemerkt mit sich herum, bevor er ausbrach. Bei manchen Kranken wurden die Augen trüb und zersprangen wie Glas, manche verloren jegliches Körpergefühl, als hätten sie eine Narkose, die nicht mehr weggeht. Ihre Körper wurden einfach immer schmächtiger und kleiner, er habe Fotos und Zeitungsausschnitte in einem Buch in der Kabine, falls jemand von uns es sich ansehen wolle; er sammle das seit der Auflösung der Kolonie im Jahre 1957. Früher habe er sein Buch bei den Gruppen herumgehen lassen, vor acht Jahren habe er aber damit aufgehört, um eventuell mitreisende Kinder nicht zu erschrecken.

Er ließ eine auf Pappkarton geklebte abgegriffene Fotografie herumgehen, ein Bild von zwei Frauen; bei einer wies ein roter Pfeil auf ihre Hand. Die ohne Finger ist die Frau, die ich von der Insel kannte, sagte er, sehen Sie sich die Hand an, die ohne Finger ist die Frau. Als ich sie zuletzt sah, war sie nur noch so groß, hatte nur noch Torso und Kopf, es ist sehr traurig. Er ließ ein zweites Foto herumgehen, auf dem Aristoteles Onassis und eine Frau abgebildet waren, und erzählte, das Onassis und seine Schwester die Insel kaufen, das Dorf einebnen lassen und hier ein Kasino hatten bauen wollen. Zum Glück hat er es nicht getan, sagte Manolis, er hätte sonst unsere schöne Insel in ein Inferno mit Yachten und einem Autoverkehr wie in Südfrankreich verwandelt. Ein schlauer griechischer Fürst war einmal auf die Idee gekommen, wie sie die Türken loswerden konnten, die das Fort auf der Insel schon lange besetzt hielten, und zwar ließ er ein Ruderboot voller Leprakranker auf der Insel an Land gehen – es klappte, die Türken waren, pffft, innerhalb weniger Stunden weg, haha. So, meine Damen und Herren, fing es an. Und auch wenn wir glauben, es sei jetzt vorbei, stimmt das nicht. Noch immer gibt es Abertausende von Leprakranken auf der ganzen Welt, ja, heute noch, und das Gürteltier ist seltsamerweise die einzige andere Spezies, die auch Lepra bekommen kann. Aber jetzt bringe ich Sie auf die Insel und wünsche Ihnen dort viel Vergnügen, und bitte erzählen Sie auch Ihren Freunden von diesem Ausflug, den Buzz Travel anbietet, sagte er, und das Schiff fuhr zu griechischer Musik, die aus dem Lautsprecher kam, wieder aus der Blauen Lagune hinaus, und wir landeten an der Insel, gingen über den Bootssteg an Land und machten unsere Fotos.

Du bist die Anhöhe neben einem Haus hinaufgeklettert, um den Schriftzug zu fotografieren, der über der Tür in den Stein gemeißelt ist. Ich schaue zu dir hinauf, du bist hübsch und ganz vertieft, und mir fällt wieder auf, dass du inzwischen erwachsener aussiehst, wie eine Frau und nicht mehr wie ein Mädchen. Du beugst dich aber noch wie ein Mädchen über den Türsturz, hältst dich am Ast eines Baums fest, damit du ganz nahe an dein Motiv herankommst. Was ist das für eine Sprache, Griechisch oder Türkisch?, rufst du zu mir herunter. Was das wohl heißt?

Eigenartigerweise ist es hier sehr schön, darauf waren wir nicht gefasst. Die Blumen überall, die Vögel, die Farben des Meers. Du springst herunter, landest auf den Füßen und hebst einen der bei deinem Sprung abgebrochenen Zweige auf.

Du hebst ständig Sachen aus Holz auf, schon seit das mit uns angefangen hat; die Fensterbretter zu Hause sind voll von Zweigen, die du von Bäumen abbrichst, und Bruchstücken, über die du unterwegs stolperst. Steine sind tot, hast du einmal zu mir gesagt, als wir an der Küste waren, dir gefällt, wie sich Holz anfühlt. Steine sind nur Teile von größeren toten Steinen. Holz ist so lebendig, wie Steine es nie waren, durch Holz ist Leben hindurchgegangen, Holz und Leben, das ist praktisch ein und dasselbe. Du verkünstelst dich mal wieder, sagte ich, da wurdest du ungehalten, und ich musste dir lange mit deiner künstlerischen Holzsammlung um den Bart gehen, bevor du wieder lachtest und aus der Schmollecke herauskamst.

Du brichst ein Stück von dem Zweig ab und steckst es in die Tasche deiner Shorts, siehst mit zusammengekniffenen Augen nach oben und tust so, als läsest du die Inschrift. Fundbüro, sagst du. Abteilung Ohr und Nase. Ein Ohr verloren? Hier entlang. Gliedmaße, Finger und Zehen zwei Türen weiter.

Du bist krank, sage ich. Ja, sagst du, aber die können mich nicht festhalten, das schaffen sie nicht, ich schwimme rüber zur Küste, ich fliehe aufs Festland. Du kannst nicht schwimmen, sage ich. Ich bau mir ein Floß, sagst du, aus einer Tür, aus der hier. Ich binde die Bäume zusammen, ich flechte mir aus Ästen und Laub einen Rettungsring. Ich komm rüber, keine Bange. Mich kriegen die nicht.

Die Insel zu umrunden dauert zu Fuß eine halbe Stunde; wir kommen am Fort vorbei, am Krankenhaus, am Friedhof für die Reichen und am Beinhaus für die Armen. Zu unserer Linken glitzert das Meer, und den ganzen Rundweg entlang überbieten wir uns gegenseitig mit schlimmen Witzen. Wir schauen durch einen Schlitz in der Mauer des Forts, und du sagst, bestimmt ein Einwurf für Leprakranke. Eher Auswurf, sage ich. Du zwängst dich auf dem Weg tänzelnd zwischen anderen Touristen hindurch und singst so leise, dass nur ich es höre, *Zwei Aussätzige mit zwei Beinen springen ins Wasser plumps plumps.* Leute sehen uns an. Wir tun so, als merkten wir es nicht. Wir schubsen und rempeln uns an wie Teenager, die zwar kichern, sich dabei aber schuldig fühlen.

Wieder auf dem Schiff, schläfst du ein und verpasst die Delphine, die Piratenhöhle und die Insel, auf der die heiligen Ziegen gehalten werden; sie springen auf den Klippen herum, aber für Fotos ist es zu weit weg. Ich erzähle dir davon, während wir auf den Bus warten. Im Bus schläfst du wieder ein. Als wir in dem Fischerdorf ankommen, wo wir die Ferienwohnung haben, rüttele ich dich sacht an der Schulter, achte aber darauf, deinen Sonnenbrand nicht zu berühren.

Wir ignorieren die Schilder, die englisches Frühstück oder Pizza und Fish und Chips offerieren, und gehen in das Café, in dem es nicht mal eine Speisekarte gibt; es liegt am Hafen, und die Tintenfische hängen hier zum Trocknen über den Tischen im Freien. Die Bedienung kennt uns inzwischen, sie ist freundlich, lächelt, setzt sich zum Aufnehmen der Bestellung zu uns an den Tisch. Sie spricht aber kaum Englisch, und wir können nur ein paar Wörter Griechisch. Wir wollen ihr verständlich machen, dass wir wieder dasselbe wollen wie neulich, Auberginen und Zucchini, und sie sieht uns ratlos an. Zeigt auf den Tintenfisch. Wir sagen nein. Sie nimmt uns mit rein und zeigt uns Tabletts mit frischem weißem Fisch und mit Huhn, zeigt uns Weinblätter, die auf einem Teller im Kühlschrank liegen, mit Kräutern bestreute Fleischspieße, doch wir schütteln den Kopf und lachen, stehen hilflos da, du zuckst die Achseln, ich gestikuliere, wir wissen nicht, wie wir es ihr mitteilen sollen. Ihr fällt das englische Wort für Farbe ein, welche Farbe?, fragt sie. Dir fällt das griechische Wort für köstlich ein. Sie lacht und lacht, hält sich die Seiten vor Lachen, ruft es dem Koch zu, der auch lacht, ruft: Welche Farbe hat es, köstlich, und hält sich vor Lachen an der Theke fest. Von den Tischen im Freien fahren Köpfe zu uns herum, die Leute wollen wissen, was los ist.

Wir nehmen stattdessen Huhn und gefüllte Weinblätter und viel süßen Wein, ich trinke das meiste davon, und mit einem rotglühenden Sonnenuntergang geht hinter dir der Tag zu Ende. Wir fotografieren uns über den Tisch hinweg gegenseitig. Du knipst mich siebenmal in sieben Sekunden, auf den meisten Bildern werde ich wohl die Arme vor dem Gesicht haben. Du lehnst dich auf deinem Stuhl weit zurück und rechnest es aus, sagst: Wir kommen zusammen auf zweihundertsechzehn Bilder, hundertacht pro Nase. Und übernächsten Samstag sind wir zu Hause, sehen sie uns an und sagen wahrscheinlich, da waren wir vor zwei Wochen am Samstag.

Wir besprechen, was wir morgen unternehmen wollen. Wir könnten einen Ausflug zum Kloster Arkadi machen, wo die vielen Menschen starben, aber das würde einen großen Teil unseres Budgets auffressen. Wenn du es heute nicht übertrieben hast, könnten wir auch Fahrräder mieten und um die Berge herum in den nächsten Ort fahren, obwohl der nicht viel anders aussieht als der, in dem wir jetzt sind, wenige baufällige alte Häuser, viele Wohnblocks und Unmengen von neuem grauem Beton, aus dem noch Wohnblocks werden sollen, mehrere Supermärkte und sonst überall Restaurants und Imbisse für die englischen und deutschen Touristen. Wir können uns nicht entscheiden, es fühlt sich gut an, dass es egal ist. Inzwischen ist es dunkel geworden, und wir legen ein dickes Trinkgeld auf den Tisch, winken der Bedienung zum Abschied und schlendern langsam, weil du müde bist, noch zu einem Supermarkt und kaufen Schokolade. Ostern ist hier spät, heute ist der Tag vor Palmsonntag, und als wir an der kleinen Kirche vorbeikommen, vermischt sich der Gesang der Männer beim Gottesdienst mit dem aus dem Nachtclub gegenüber schallenden alten Hit der Dexy's Midnight Runners, bei dem wir mitsingen: *but not us, no not us, we are far too young and clever.*

In der Ferienwohnung gehst du duschen, und ich rauche auf dem Balkon, sitze im Lärm der Grillen und halte meine Zigarette so, dass sie die Mücken vom Zimmer fernhält. Der Kühlschrank summt. Auf der Herdplatte beginnt das Wasser langsam zu kochen, und ich höre dich singen. Drinnen riecht es nach Salz und Sonnenöl und draußen nach etwas Parfümiertem, irgendeiner nur nachts duftenden Pflanze. Der Mond ist riesig, viel größer als zu Hause.

Ich ziehe die Fensterläden zu und mache Tee. Das Zimmer ist einfach, nur weiße Wände, den größten Teil davon nimmt das Bett mit der durchgelegenen, steinharten Matratze ein; der einzige Schmuck ist die dunkle Holzvertäfelung an der Wand hinter dem Kopfende des Betts. Das Bett ist noch ungemacht, sauber und von der letzten Nacht zerwühlt. Ich räume für die Tassen einen Platz auf dem Tisch frei; er ist bedeckt mit dem Zeug, das sich in vier Tagen schon angesammelt hat, den Busfahrscheinen, den Prospekten und Eintrittskarten von Museen und antiken Stätten, den Reiseführern und den Filmrollen in den Plastikdosen mit unseren Initialen auf den Deckeln, den weißen Steinen und den Holzstücken, die wir auf den Kies-stränden aufgehoben haben, den Flugtickets. Ich freue mich nicht auf den Rückflug. Auf dem Herweg hatte schließlich ich am meisten Angst, als die Maschine in Turbulenzen geriet und sieben Meilen hoch am Himmel durchgerüttelt wurde; als wir bei Tagesanbruch auf der holprigen Landebahn aufsetzten, hatte ich von meinen Händen Schweißflecke auf den Ober-schenkeln. Daran will ich jetzt nicht denken. Ich mache Tee und mache das Bett, schlage den Kunstpelzüberwurf für die Nacht auf.

In der Nacht habe ich den entsetzlichen Traum, der mir erst zwei Wochen später wieder einfällt, als wir uns die Fotos anse-hen. Ich träume, du bist in einer wunderschönen Landschaft, und ich schaue dich an, und je länger ich dich anschaue, desto mehr gefrieren meine Augen, und ich weiß, jedes Mal, wenn ich dich ansehe, weil du so schön bist, bilden sich Kratzer auf meinen Augen, so als kratzte jemand auf einem Negativ herum, und bald werde ich dich und diese herrliche Land-schaft nicht mehr sehen können. Ich will es dir sagen, aber du wirst immer kleiner und rückst in immer weitere Ferne, da-bei splittern kleine Teile von dir ab, und du lachst und winkst, bist aber schließlich so klein, dass ich nicht mehr weiß, wo du hin bist.

Ich werde wach, bin verstört und weiß nicht warum, kann nichts sehen, weil es so dunkel ist mit den geschlossenen Läden, und ich erinnere mich nicht, warum mein Herz so schnell schlägt. Dann höre ich dich atmen und weiß wieder, dass wir im Urlaub sind und du neben mir liegst, und dein Atem verändert sich, weil du spürst, dass ich wach bin. Du drehst dich zu mir um. Bevor ich mich an dich kuschele, bevor ich den Kopf in deine Arme schiebe und das Gesicht an deine Schulter lege, begreife ich, was du die ganze Zeit schon tust, und strecke ebenfalls den Arm unter der Decke hervor über unsere Köpfe und klopfe – toi, toi, toi für unsere Liebe – auf Holz.

Kaltes Eisen

Was kann ich dir sagen? Das Meer und der Schnee und der Wind.

Erde und dann Gras und dann Schnee, der sich auf das Gras legt. Schnee, der die schmalen Kieswege verstopft, sich dem betenden Engel an den Hals schmiegt und ihm die Steinaugen füllt, stumm die Äste der unbelaubten Bäume überzieht und die Fichten einmummt. Über den Eisengeländern, vor dem großen Tor die Geräusche einer Stadt, die an fausthoch liegendem Schnee würgt, in der Autoreifen und -motoren gedämpft sind. Hoch über der Stadt und den grauen Schneewolken noch mehr nachtdunkler Himmel; weiter oben, im schwarzen All, nur Löchlein in der Dunkelheit, die Bröckchen aus Stein (unsere Sterne, unsere Zukunft), die uns Licht, Wunder, Beständigkeit verheißen. Von unten heute Abend unsichtbar. Darunter, zurück zur Erde und in den Boden hinein – durch ihn hindurch, kalt, hart –, unter Schnee, Gras, Erde liegen dicht an dicht die Toten still in ihren Kisten, halten den Atem an, warten darauf, aufgemacht zu werden wie enttäuschte Geschenke.

Schnee fällt, nichts geschieht.

Ich sag's dir. Meine Mutter starb, da lief eben der Abspann von *EastEnders* auf dem tragbaren Farbfernseher, den mein Vater in der Ecke des Zimmers aufgestellt hatte, in dem das Extrabett mit den Extrakissen stand. Das hat mir mein Bruder am Telefon berichtet, ich meine das mit dem Abspann, es muss also kurz vor acht gewesen sein, sagte er. Ich war sechshundert Meilen entfernt und an dem Tag zum ersten Mal nicht zu Hause, weil ich mir etwas zu essen holen wollte und im Dunkeln einkaufen gegangen war. Das Telefon hat wohl in einem leeren Haus geläutet. Als ich die Tür aufschloss, läutete es, und da war die Entfernung. Wir hatten nicht gewusst, wann, aber dann war es geschehen, und ich konnte nichts tun außer herumsitzen, bis früh durchhalten und in den Zug steigen, der an der Küste entlang durch den Schnee fuhr.

In meinem allererersten Traum war alles schneebedeckt. Vielleicht war es nicht mein erster, es gab bestimmt noch andere, Säuglinge träumen ja ständig. Es ist aber, glaube ich, der erste, an den ich mich beim Aufwachen erinnerte. Ich war noch sehr klein, zwei Jahre alt, und in dem Traum stehe ich bei uns zu Hause vor dem Vorgarten, vor der Gartentür, ich habe den neuen roten Mantel an, den meine Mutter mir gekauft hat, weil wir nach Irland fahren und ihre Mutter besuchen wollten. Das stimmt, das habe ich nicht nur geträumt. Gefahren sind wir dann aber doch nicht; zwei Tage vor unserer geplanten Abreise ist ihre Mutter gestorben, und so habe ich sie nicht mehr kennengelernt. Ich weiß noch, dass mir nicht richtig klar war, was das ist, Irland, und was das ist, Oma, und dass ich überlegte, ob die beiden Wörter dasselbe bedeuten.

In dem Traum stehe ich rot angezogen vor unserer Gartentür in tiefem Schnee und sehe mir auf beiden Seiten die Häuserreihe in unserer Straße an. Überall in der Straße lehnen sich Leute im oberen Stock zu den Fenstern hinaus, schauen zu mir herunter und winken mir lächelnd zu. Es sind Menschen aus Papier, Ausschneidefiguren, ihre platten Arme flattern beim Winken, und sie sind mit leuchtend bunter Kreide ausgemalt, in Gelb und Blau. Breite schwarze Striche markieren ihre Kleidung und ihre Umrisse, und die Farben gehen über die Striche drüber, wie es der Fall ist, wenn man es noch nicht schafft, mit Kreide innerhalb von vorgezeichneten Feldern zu bleiben. Die Gesichter sind auch schwarze Striche, aber nicht ausgemalt, sondern noch weißes Papier, und sie lächeln. Doch dann passiert Folgendes: Ein starker Wind braust auf und rauscht hinter mir vorbei. Fegt die Leute aus den Fenstern und weht sie davon. Ich sehe zu, als sie über die Dächer in den Himmel verschwinden.

Wo war ich gleich? Mein Bruder ist älter als ich und arbeitet bei der BBC, darum ist es für ihn nicht unwichtig, wie viele Minuten vor acht *EastEnders* vorbei ist. Zwei Tage zuvor war ich noch übers Wochenende zu Hause gewesen, hatte meiner Mutter beim Aufstehen und beim Gang ins Bad geholfen und verblüfft, aber keineswegs überrascht, mit angesehen, wie sie unsere vier Arme, mit denen wir sie aufrecht hielten, fortschob, es irgendwie bis in die Küche schaffte und verlangte, dass wir ihr eine Zigarette anzündeten, die Knochen unter ihrer Haut fast durchscheinend.

Ich fuhr also am Montag wieder in den Süden, und als ich hier ankam, läutete das Telefon, und meine Schwester sagte, es gehe ihr deutlich schlechter, ganz plötzlich, wir könnten aber immer noch nicht absehen, wann, sie habe noch bemerkenswert viel Kraft, natürlich dank der Schmerzmittel. Ich solle abwarten, es habe keinen Sinn, die weite Strecke wieder zurückzufahren. Also rief ich tags darauf morgens um halb neun wieder an, und mein Vater, gehetzt, das Telefon hatte pausenlos geläutet und er hatte meine Mutter nur nach zähem Kampf dazu gebracht, die verschiedenen Schmerzmittel zu nehmen, reichte den Apparat an sie weiter, ein tragbares Telefon von der Sorte, die mit ihrem Knistern alles Gesprochene übertönen, wenn sie auf bestimmte Art gehalten werden, und meine Mutter sprach mit mir, aber ich hörte nichts. Ich ging also wieder ins Bett und schlief, versuchte am Nachmittag zu arbeiten, bis jemand wegen des Komas anrief.

Ich laufe durch die Straßen und habe das Gefühl, ständig gegen eine Flut anzugehen, aller möglicher Unrat schwimmt auf mich zu, mein Kopf ist voll mit Zeug, bis obenhin wie in einem Trödelladen. Wenn ich schlafe, wache ich von Gemurmel um meinen Kopf auf, es umschwirrt mich wie Fruchtfliegen Fallobst.

Das Ohr meiner Mutter, zierlich und fein im Profil, als sie am Esstisch sitzt und nachdenklich mit der Gabel Essen zerteilt.

Einmal haben wir uns zusammen eine Sendung über Irving Berlin angesehen, in der es darum ging, wie er zwei musikalische Grundmuster zu einem Song verband, und einmal ist sie sogar abends aufgeblieben und hat sich mit mir einen Spätfilm angesehen; er war gut, ich glaube, es war *Metropolis*.

An dem Tag, als ich auf meine Mitfahrgelegenheit zum Bahnhof wartete, weil ich wieder in den Süden fahren musste, und sie bügelte und vom Krieg erzählte, von den Männern, die aufstiegen, von ihren Flügen aber nicht zurückkehrten, sich in der Kantine noch munter von den anderen verabschiedeten, und man wusste, man sieht sie vielleicht nie wieder, an dem Tag hat sie mir das von dem Wochenende erzählt, an dem sie frei hatte: *Ich war bei deiner Tante, musste aber um halb fünf wieder zum Dienst antreten, und weil ich den Bus kriegen musste, der vormittags fuhr, bügelte ich meinen Rock, wir hatten einen Sergeant, der war schrecklich penibel, es kam vor, dass der einen, wenn man Meldung machte, schon auf bloßes Ansehen hin dafür ohrfeigte, dass die Knöpfe nicht genauso glänzten wie die Schuhe. Ich machte mich also reisefertig, bügelte meine*

Uniform, sang vor mich hin, mit den Gedanken sonstwo, oder sah durchs Fenster in die Wolken oder irgendwas Dummes, und als ich das nächste Mal hinsah, war ein großer Brandfleck auf dem Rock, ich hatte ihn versengt. Es waren nur noch wenige Stunden bis zur Abfahrt des Busses, und ich wusste nicht, was ich tun sollte. Ich zog meinen Mantel an und rannte, so schnell ich konnte, ich konnte mal ziemlich schnell laufen, weißt du, zu dem Schneider in der Queensgate, und der Mann sah sich den Rock an, sah mich an, so etwa, sagte oje, ich glaub, da kann ich nichts machen, schauen Sie sich das mal an. Und ich, bitte, ob er es nicht wenigstens versuchen könnte, ich müsste den Mittags-bus kriegen, und er sagte, gehen Sie nach Hause und trinken Sie einen Tee, dann kommen Sie wieder, und ich schau mal, was ich tun kann. Und als ich wieder hinkam, hatte er den Rock fertig, und von einem Brandfleck war nichts mehr zu erkennen, man sah nicht, wo er etwas repariert hatte. Und der Schneider wollte nicht mal Geld nehmen, er wollte kein Geld von mir annehmen.

Bildkarten von Warne's Oberserver's. 32 Karten, durchgängig im Farbdruck mit Erläuterungstext. I: Britische Vögel, II: Wildblumen. Es sind Sets zu je 32 Karten, auf der einen Seite in Farbe die Abbildung einer individuellen Art oder Spezies und auf der Rückseite ein Text, der in leicht verständlicher Sprache die besonderen Merkmale des Tiers oder der Pflanze beschreibt. Frederick Warne & Co., Limited, London und New York. Ich fand sie in der Kommode unter den Geburtsurkunden und alten Behördenschreiben und nahm sie mit, ohne jemandem etwas davon zu sagen, komplette Sets, schon leicht vergilbt. Ich kann mich nicht entsinnen, dass ich die früher schon einmal gesehen hätte. Manche hatten oben winzige braune Löchlein von Reißzwecken. Amsel, Schwalbe, Buchfink, Mehlschwalbe, Haussperling, Misteldrossel, Heckenbraunelle, Rotkehlchen. Schlüsselblume, roter Mohn, Waldanemone, Wiesenprimel, Butterblume, Vergissmeinnicht, Glockenblume.

Postamt Inverness, Anschluss Inverness 600, Nebenstelle 1, 13. Januar 1949. Sehr geehrte Miss Ann MacGregor, unter Bezugnahme auf das kürzlich mit Ihnen geführte Gespräch, bei dem Sie sich um eine Anstellung als Telefonistin beworben haben, darf ich Ihnen mitteilen, dass Sie den Eignungstest erfolgreich bestanden haben. Leider ist es in Anbetracht Ihrer bereits bestehenden Verlobung und in naher Zukunft geplanten Eheschließung nicht im Interesse des Amts, Kosten für die Ausbildung einer Telefonistin zu tragen, deren Dienste möglicherweise nur für begrenzte Zeit zur Verfügung stehen. Zu meinem Bedauern sehe ich mich daher außerstande, Ihnen die Position anzubieten. Hochachtungsvoll, William C. Forsyth, Postamtsvorsteher.

Ich war vierzehn und ging mit Caroline und Christine hinten am Kanal entlang, wir wollten zum Jahrmarkt, was wir nicht durften, hatten über Jungs gefrotzelt, wurden dann aber ernst, wie es bei wirklich wichtigen Dingen sein soll, und wollten von Caroline wissen, woran sie sich von ihrer Mutter noch erinnerte. Eigentlich nicht viel, sagte sie, aber ich weiß noch, dass sie mal abends in mein Zimmer kam und mir ihr Kleid vorführte, bevor sie zum Tanzen ausging. Es war richtig schön, daran erinnere ich mich, richtig schön, ein weißes.

The little toy dog is covered with dust, hm hmhm hm hmhm hm hm. *The little tin soldier is red with rust. Two little orphans a boy and a girl, Sat by the old church door. An Irish boy was leaving, Leaving his native home.* Sie lachte mich ein bisschen aus, wenn ich, nach dem Baden schon trockengerubbelt, bei den Liedern weinen musste.

Jetzt weiß ich es. An dem Strand, an dem ich vorige Woche war, lag überall Treibholz, allerdings öliges. Da lagen Muscheln, die Rillen fleckig vom Dreck aus dem Meer, dessen Wellen an manchen Stellen regelrecht schwarz waren, nicht gerade das, was man bei Wellen erwartet. Ich hab die Muscheln trotzdem eingesteckt und bloß die sehr schmutzigen weggeworfen, zurück ins Meer, und den Möwen unabsichtlich vorgegaukelt, ich würfe ihnen Futter hin. Ich ging auf einer Art Pier hinaus, der wie eine breite Mauer ins Meer ragte und über die ganze Länge mit einem Geländer versehen war, damit sich die Leute bei Wind festhalten können. Auf der linken Seite schwappte das Wasser an die Steine und hinterließ einen Streifen aus nassem Laub, auf der rechten Seite hatte das Wasser die bereits erwähnte schmutzige Farbe; wo normalerweise weiße Blasen entstehen durch die Bewegung des Wassers, war der Schaum auf diesem Meer grau.

Ich fand nicht bloß Muscheln, sondern auch ein Stück dieser blau-weißen Keramik, vom Meer seltsamerweise zu einem Dreieck mit glatten Rändern geschliffen, darauf ein Muster aus blauen Kringeln und Dreiecken; es sah aus, als ob es von Anfang an dieses kleine Dreieck hätte werden sollen, aber es war nur ein Bruchstück von irgendetwas anderem, rein zufällig so geglättet und geformt. Ich fand auch eine Glasscherbe, rund- und glattgeschliffen, grün wie die dickwandigen Flaschen von früher. Beide Scherben waren nicht schwarz von Öl oder was immer, das war gut.

Die Dinge nehmen nämlich nie den Verlauf, den wir erwarten. Nie kommt zum Schluss das heraus, was wir uns vorstellen. Nach dem Telefongespräch setzte ich mich hin und wartete auf was immer, mein Kopf füllte sich plötzlich mit Grün, und ich hatte die Vision einer jungen Frau, die ich noch nie gesehen hatte, sie lächelte, lachte sogar und stand irgendwo in der Sonne, und die lachende junge Frau nahm mich so weit mit, wie ich von mir aus konnte, sehr weit war es nicht, denn das stand mir nicht zu. Sie war so beiläufig aus der Sonne herausgetreten, wie man den Reißverschluss, den Knoten, die letzten Knöpfe der Gestalt aufmacht, die man hinter sich lässt, und winkte beiläufig wie ein Filmstar aus den Vierzigern, den alle Leute kennen und mögen, auch wenn ihnen der Name nicht einfällt, zum Abschied, sagte, es sei alles gut, der Krieg sei bald vorbei. In dem Moment begann der Abspann, die Leinwand wurde erst schwarz (das Ende der Filmrolle), dann weiß, und das Licht ging an.

Danach stehst du draußen, eine aus dem Publikum, eine von Millionen, und das, was du sahst und woran du beteiligt warst, ist vorbei; es war nur ein Spiel von Licht und Bewegung mittels winziger starrer Bilder.

In dem Moment beginnt das Gemurmel an dir zu nagen. In dem Moment bist du auf hoher See.

Ich stellte die Muscheln in einer Schale auf den Fernseher, als ich von der Küste nach Hause kam, legte das Stück Keramik auf den Kaminsims und gab die Glasscherbe einer Freundin, die sie bei sich ins Bücherregal legte. Sie geht anders damit um als ich. Ihr Vater, sagt sie, verschwand eines Tages, fuhr mit einem Sieb aufs Meer hinaus, das, nicht überraschend, sank; die Leute aus dem Dorf führten das aber darauf zurück, dass er auf dem Weg zum Hafen einer Frau (wahrscheinlich einer Hexe) begegnet sein oder schon vor dem Besteigen des Boots nasse Füße gehabt haben musste. Oder eine Hexe war hinausgerudert und hatte ihn in einer Eierschale versenkt, deren Boden jemand nicht mit einem Teelöffel aufgeschlagen hatte. Vielleicht, sagt sie, war er aber so töricht, an Bord die verbotenen Wörter auszusprechen, die Wörter, die den Teufel herbeirufen, Schwein zum Beispiel oder Lachs oder Kaninchen, und hatte vergessen, hinterher kaltes Eisen anzufassen und den Fluch aufzuheben.

So sah sie die Sache. Ich warte noch ab, stütze mich auf das Geländer, unter dem vor und hinter mir das Meer liegt, sammele Krimskrams für Zuhause. Ich denke darüber nach, arbeite noch an der Geschichte.

College

Zwei Männer in T-Shirts stiegen aus dem Lieferwagen aus, einer öffnete die Hecktür und kletterte hinein. Sie luden die Bank aus, schoben die Last zwischen sich hin und her, zuerst beim Herausheben der Bank aus dem Auto, dann zum Spaß, und protestierten gleich, wenn der eine den anderen übervorteilt hatte. Sie trugen die Bank durch den Torbogen in die Gartenanlage. Von Dr. Crane angeführt, schwenkten sie auf die Kieswege zwischen den Rasenflächen ein, der Quästor folgte ihnen mit den Eltern und der Schwester des toten Mädchens. Dann trat Dr. Crane auf den Rasen, blieb mit ausgestreckten Armen stehen, und die Männer setzten die Bank ab. Der eine sprach kurz mit dem Quästor, der unterzeichnete ein Blatt Papier, und beide Männer gingen. Die Eltern, das Mädchen und die Dame und der Herr vom College blieben in einem Halbkreis vor der Bank stehen.

Das Holz der Bank war von einem sehr hellen Braun und verströmte einen intensiv süßlichen Geruch. In die obere Leiste der Rückenlehne waren ein Schriftzug und Zahlen eingeschnitzt:

ZUM ANDENKEN AN GILLIAN YOUNG 1972–1992

Die fünf Personen standen davor. Vögel sangen in ihr Schweigen hinein. Kurz darauf räusperte sich Dr. Crane und regte an, die Mutter könnte doch jetzt bitte den Brief der Direktorin verlesen, und die Mutter holte den Brief wieder aus ihrer

Schultertasche und las ihn vor, samt Anschrift des Colleges und der Passage über die unaufschiebbare Reise der Direktorin nach Frankreich. Die allerbesten Grüße an Mr und Mrs Young, die sie beim Gedenkgottesdienst kennengelernt hatte. Es tue ihr natürlich sehr leid, dass dieses Treffen unter so tragischen Umständen stattfand. Ihrer Ansicht nach sei die Bank eine sehr schöne Geste. Die Freundinnen Ihrer Tochter werden an Sommertagen darauf sitzen und an sie denken, und so werden es die Frauen an unserem College noch Jahre nach dem einen Jahr halten, in dem wir sie hier begleiten durften, hieß es im Brief der Direktorin.

Dann trat Dr. Crane einen Schritt zurück. Ich schlage vor, sagte sie, dass wir uns nun zusammen auf einen kleinen Sherry in unsere Dozentenlounge begeben, wo es nicht ganz so heiß ist wie hier und Sie sich vor dem Mittagessen ein wenig ausruhen können. Und für... für Ihre Alex findet sich dort bestimmt auch ein Fruchtsaft oder eine Zitronenlimonade.

Das gab dem Quästor, der brüllende Kopfschmerzen hatte, die Gelegenheit, sich zu entschuldigen und in sein Büro zurückzueilen, zu den Aufgaben, die den restlichen Nachmittag seiner harrten: 14 Uhr das Meeting zum Thema der gestaffelten Heizkosten; 15.15 der Entwurf der Pressemitteilung zur Konferenz; 16 Uhr die Lieferanten.

Das dumme Weib merkt nicht mal, dass sie einen Witz gemacht hat. Crane. Wie dieser langbeinige Vogel, Kranich. Wenn die ein Kranich wäre, würden ihr die Beine umknicken. Die käme nicht weit, vererbte Kopflastigkeit. *Ihre Alex. Vielleicht möchte Ihre Alex eine Zitronenlimonade.*

Das war ungerecht, sie wusste es, denn die Frau war doch eigentlich nett gewesen. Aber mit diesem Wissen war es doppelt schlimm. Crane gebärdete sich eher wie der aufgeblasene McAlpine, streckte großartig den Arm aus, als wäre sie sonstwer, Margaret Thatcher oder Elizabeth die Erste oder so: Stellen Sie die Bank hierhin, guter Mann. Und der gruselige Glatzkopf, wie der dich angestarrt hat. Brook – wie der furchtbar affektierte Dichter, den ihr im zweiten Jahr in der Unterrichtseinheit über den Krieg durchnehmen musstet: bewahr von mir nur dies auf ewig, England, wenn ich sterbe.

Das hier war ein ganz anderes England als das daheim, im Grunde ein fremdes Land. Sogar das Wetter kam einem ausländisch vor oder wie nicht echt. Wie eine Kulissenstadt, die für einen Film aufgebaut war, die Häuser alle in einem Baustil, dass sie da einen Film über etwas aus der Geschichte oder über Reiche, die Royals zum Beispiel, oder *Stolz und Vorurteil* drehen könnten. Sie waren gerade an den Colleges vorbeigefahren, als sie das sagte, und ihr Vater hatte ihr zugestimmt, *ja,* es sei ein fremdes Land, entweder das oder ein anderer Planet, aber ihre Mutter hatte protestiert und gesagt, es sei doch alles sehr schön, und Gillian habe es hier gefallen. Danach hatte sich Schweigen im Auto ausgebreitet. Nur zehn Minuten alle zusammen, und schon war es hoffnungslos. Alex hatte im Auto gesessen und sich fünfmal stumm ermahnt, du bist still, du sagst kein Wort. Einmal, nach Gillian, da war ihr Vater schon das erste Mal hierhergefahren, war sie mitten in der Nacht aufgeschreckt, ihr Bett nass geschwitzt und ihr Blutdruck so hoch, dass sie davon aufgewacht war, und in ihrem Kopf ging es wie ein Hammer: Es ist meine Schuld, es ist meine Schuld. Es hatte die ganze Nacht gedauert, bis sie im Dunkeln die Mauer zwischen sich und diesem Gedanken aufgebaut hatte, und die Mauer bestand aus Düsternis. Auf der Fahrt durch die Stadt, in der Gill gelebt hatte, hatte Alex aufmerksam hinten zum Fenster hinausgesehen, damit ihr nicht noch einmal etwas herausrutschte.

Jetzt probierte sie, still auf dem Bett zu sitzen. Das Zimmer, in das die Frau sie einquartiert hatte, befand sich im sogenannten Krankenrevier, so jedenfalls stand es auf dem außen an der Schwingtür angeschraubten Holztäfelchen. Es war ein schmaler, weißer Raum, darin roch es schwach nach Gas, und an der Abdeckung des Gaskamins klebte mit Tesa der Hinweis: Nicht benutzen. In einer Ecke stand ein Schrank voller Holzkrücken, in einer anderen ein zusammengeklappter Rollstuhl. Sie gab sich Mühe, nicht hinzuschauen. Er sah so altmodisch aus, als könnte er gut und gern aus dem Ersten Weltkrieg stammen. In einem Film über den Krieg hätte er authentisch gewirkt. Das ganze Gebäude wäre für so einen Film geeignet, eines der pompösen Häuser, in denen Dichter ihre Kriegsverletzungen auskurieren. Das Bett glich denen in einem Krankenhaus, war hochbeinig und hatte weißgestrichene Eisenstangen am Kopf- und am Fußteil. Man musste rückwärts hochspringen, wenn man sich draufsetzen wollte, und dann quietschte es und war so weich, dass einem der Rücken schon wehtat, bevor man drin geschlafen hatte.

Sie glitt behutsam vom Bett herunter und ging das Fenster aufmachen. Es klemmte, aber nach kräftigem Drücken konnte sie den Kopf und die Schultern hinausschieben. Draußen war es wärmer als im Zimmer. Von hier aus sah sie das Collegegebäude in ganzer Länge, seine komische Farbe wirkte orangerot vor dem Grün des Rasens. Die hohen, weißgestrichenen Fenster gegen das Orange der Steine verliehen ihm einen aufgeregten Ausdruck, als wären da jede Menge Augenpaare schockiert aufgerissen, dachte sie, oder als entblößte irgendetwas seine Zähne. So etwas zu denken hieß Anthropomorphismus, so zu tun, als wäre ein Ding etwas Belebtes oder hätte Eigenschaften wie eine Person, auch wenn das nicht zutraf. Der Rollstuhl zum Beispiel konnte eigentlich weder schlecht noch entsetzlich sein, er war nur ein Gegenstand, auch wenn er entsetzlich aussah. Das nannte man Personifizierung. Alex war ziemlich gut in der Schule und hatte sich seit der Trennung ihrer Eltern sogar verbessert.

Von hier sah man auch die aufgestellte Bank. Alex schaute sich an, wie sie dort auf dem Rasen stand. Sie wirkte klein und hatte die falsche Farbe; das Braun der anderen Bänke und Tische in den Anlagen war wesentlich dunkler, verglichen damit fast schwarz, als hätte man das Holz in schwarzem Wasser eingeweicht. Zwei Männer gingen mit Trittleitern an der Bank vorbei, ein dritter Mann mähte auf dem Spielfeld weit hinter den Gartenanlagen den Rasen. Sein Rasenmäher brummte leise. Im Garten zwitscherten laut die Vögel, und immer noch waren Studenten mit Büchern und Tennisschlägern unter dem Arm unterwegs; kurze Worte flogen durch den frühen Abend, gesprochen mit Akzenten, die Alex schrill und ärgerlich fand.

Die Männer hatten die Trittleitern im Torweg abgesetzt und stocherten anscheinend in den Nestern herum. Hätte sie die Frau doch bloß nicht darauf aufmerksam gemacht! Ständig plapperte sie gedankenlos daher, und jetzt war es passiert. Sie kümmerten sich darum, wie der Mann gesagt hatte. Das kostbare Dach. Der Kranich hatte ihnen beim Mittagessen erläutert, wie die Sparren verbunden waren; sie trugen das Dach des Bogens allein durch ihre Spannung und brauchten darum auch nicht verschraubt zu werden. Wenn die so stabil sind, was machen die paar Vogelnester dann aus?, hatte sie gefragt. Ihre Mutter hatte ihr gleich einen Blick zugeworfen und sie nach dem Essen auf der Toilette wegen ihrer Unverschämtheit zusammengestaucht, und ihr Vater hatte gesagt, sie verstünde doch von Architektur gar nichts. Die Leute sind dämlich, die sind so dämlich. Genauso wie bei der Brücke, an der sie unterwegs vorbeigekommen waren, als ihre Mutter sagte, der, der sie gebaut hatte, nicht Darwin, irgendjemand halt, hätte sie so konstruiert, dass sie allein durch ihre Eigenspannung hielt, und später hätte jemand anders sie auseinandergenommen, weil er wissen wollte, wie das funktionierte, und hatte sie nicht wieder zusammensetzen können, so dass sie die Teile schließlich doch zusammennageln mussten. Die Leute sind dämlich, man würde doch meinen, sie denken erst nach. Man würde doch meinen, sie wissen, wann man manches lieber bleibenlässt, Sporttauchen zum Beispiel, wenn sie Ohrenschmerzen haben und erkältet sind. Man würde meinen, jemand sagt es ihnen oder untersucht sie, bevor sie das machen dürfen. Die Leute mussten dauernd irgendetwas machen, Sachen auseinanderbauen oder sich Sachen ansehen, die mit ihnen gar nichts zu tun hatten. Wenn der Meeresgrund dafür gedacht wäre, dass sich irgendwer den ansehen soll, gäbe es kein Meer. Und kein sonst was.

Der Rasenmäher brummte in der Ferne, und der Geruch von gemähtem Gras wehte heran. Die Vögel, fiel Alex auf, sangen auch lauter, lärmten alle durcheinander, quer durch die Gartenanlagen. Die Harmonie ihres Gezwitschers wirkte wie zufällig entstanden. Alex hielt Ausschau nach den Vögeln. Wie sterben die eigentlich?, überlegte sie, was wird aus denen, deren Leben nicht vorzeitig endet, die es schaffen, nicht von Katzen, Autos oder Turmfalken erwischt zu werden, nicht aus dem Nest zu fallen, bevor sie fliegen können, nicht von Leuten, die an ihren Nestern stochern, heruntergerissen zu werden, bevor sie aus dem Ei geschlüpft sind? Oder von anderen Vögeln, die auf ihnen herumhacken, getötet zu werden, oder gegen Glasscheiben zu fliegen, die sie nicht sehen und für Himmel halten? Wie geht das vor sich, machen sie die Augen zu – haben Vögel eigentlich Augenlider? –, oder stecken sie eines Abends den Schnabel unter den Flügel und wachen einfach bei der Begrüßung des nächsten Tagesanbruchs nicht mehr auf? Können Vögel sich erkälten, können sie ertrinken? Fühlen sie sich auch mal krank, wie es bei Menschen ist, ziehen sie sich dann in ein stilles Eckchen zurück wie Hunde und Katzen und warten ab? Alex erblickte eine Amsel, die unten im Gras auf Würmer horchte. Wie sterben Amseln, sterben sie mitten im Flug, bei einem Herzanfall, in jäher Angst, so als fiele bei einem Flugzeug am Himmel plötzlich ein Triebwerk aus, die Luft unter den Flügeln gäbe nach, und der Boden käme ihm nach oben entgegen? Die Atmung von Amseln, kann die aussetzen, geraten Amseln in Panik, wissen sie es?

Während Alex aus dem Fenster gebeugt hinabsah, liefen zwei Studentinnen, die eine in Weiß, die andere in Pink, beide nicht im Geringsten wie Gill, untergehakt über den Rasen zu der Stelle, an der die Bank stand, und blieben davor stehen. Die eine sprach, die andere setzte sich auf die Armlehne, nickte und hörte zu. Dann verstummte die eine und wies auf etwas, und die andere, die auf der Armlehne saß, wandte sich ebenfalls um, las die Inschrift und sprang hoch, als ob die Lehne heiß wäre. Sie traten einen Schritt zurück, lasen beide die Inschrift. Danach gingen sie weg.

Nach dieser Beobachtung fühlte Alex sich genauso komisch wie am Nachmittag, als sie im College herumgelaufen war auf der Suche nach der Zimmernummer, die hinten auf den Umschlägen und oben auf den Briefen stand, die früher zu Hause ankamen. Eine schlichte weiße Holztür mit einer Klinke, 204 in schlichten schwarzen Ziffern darauf gemalt. Sie hatte an

Old Hall 204 geschrieben, Gill hatte von Old Hall 204 zu-
rückgeschrieben, dahin war sie gegangen, das war einer der
Orte, von denen sie nicht zurückgekommen war. Alex hatte
noch vor der Tür gestanden, da ging die daneben mit lautem
Krachen auf, und ein Mädchen kam heraus, langes schwarzes
Haar, eine Pfanne mit weißen Bohnen in der Hand, zog die
Tür hinter sich zu und schlurfte zu dem Raum gegenüber, in
dem eine Ofenplatte stand. Das Mädchen hatte Hausschuhe
an und summte den Song mit, der im Zimmer lief, und da begann Alex sich so komisch zu fühlen.

Sie lehnte sich fest gegen das Fensterbrett, um die Stelle in
ihrem Bauch, die sich so komisch anfühlte, zu zerquetschen.
Gut wäre, wenn sie den Bauch so fest gegen hartes Holz drücken könnte, dass es wehtat und sie das komische Gefühl nicht
mehr bemerkte. Sie sah den von der Bank fortgehenden Mädchen nach. Rannte so schnell die Treppe hinunter, dass sie fast
gestürzt wäre, durch den Flur, hinaus und über die Gehweg-
platten und den Kies, über das matte Gras mit dem Schild Betreten verboten. Da stand die Bank, und als die letzten Schatten, die die Sonne warf, über den Innenhof wanderten und
sich auf die Wörter und Zahlen der Inschrift legten, setzte sich
die Schwester des toten Mädchens mitten darauf.

Sie beugte sich nach vorn und stellte die Füße breitbeinig
ins Gras. Setzte sich zurück und lehnte sich fest an, breitete die
Arme oben auf der Lehne aus. Hoch über ihr kreisten – waren
das Mauersegler? Schwalben?, dem Geräusch, der Schwanz-
form und den spitzen Köpfen nach – wohl doch Mauersegler
kreischend am Himmel. Alex saß eine ganze Weile dort, die
Luft wurde feucht und kühl. Die Dunkelheit brach an, und
sie zog die Beine auf die Bank herauf, umschlang die Knie mit
den Armen.

Ein anderer Garten, ein anderes großes Haus, die Sonne wieder da, zu heiß. Eine andere Bank, ohne Namen oder Daten, aber mit einer kunstvollen Lehne, keine x-beliebige Bank, wie sie sonst in Parks herumstehen, denn die toten Leute, die hier gewohnt hatten, waren reich und berühmt gewesen. Um hier zu wohnen, musste man reich sein, es war wie ein Schloss oder zumindest das, was davon noch übrig war.

Eine Frau, schon älter, saß neben Alex; sie trug einen Button mit der Aufschrift National Trust und dem Namen des Gebäudes. Sie sah genauso aus, wie die Mädchen aus dem College einst aussehen würden – große Zähne, voll aufgeblüht, eine Frau, die sie hier belästigte, weil sie glaubte, sie hätte das Recht, jeden anzusprechen, der zufällig auf derselben Bank saß wie sie. Sie sprach über die Rosen, die als kriechender Busch neben der Bank wuchsen, und obwohl Alex höflich nickte, wäre es ihr lieber gewesen, die Frau hätte sie in Ruhe gelassen, denn irgendetwas in ihrem Kopf fühlte sich an, als wäre es zu groß für ihr Gesicht und für ihren Schädel.

Diese Rosen, sagte die Frau freundlich und belehrend, diese Rosen sind eine alte Sorte. Damit meine ich, mein Kind, sie haben noch die ursprüngliche Rosenform. Was heute als Rose gilt und so genannt wird, war nicht die erste. Die ersten Rosen waren die hier, sagte sie, und zog eine Blüte vom Busch herüber, damit Alex sie anschauen konnte. Flirrende Hitze lag über dem berühmten Garten, kein Lüftchen regte sich. Bist du beim National Trust Mitglied?, fragte die Frau. Alex schüttelte den Kopf und rang sich ein Lächeln ab. Nun, sagte die Frau, das wäre eine ausgezeichnete Betätigung für ein Mädchen deines Alters, frag mal deine Eltern.

Von ihrem Platz auf der Bank ließ Alex den Blick durch den Garten schweifen, konnte sie aber nirgends entdecken. Sie hatte ein breites, mit lila Blumen bepflanztes Beet vor einer Mauer gesehen und eine Rabatte mit angeblich nur weißblühenden Pflanzen, in der ein im Boden steckendes Schild die Besucher informierte, dass diese Sorten ihre volle Schönheit erst in einigen Monaten entfalteten. Alex hatte in allen Ecken der Gartenanlage Statuen gesehen, die Mädchenfiguren standen mitten zwischen den Blumen; eine hielt den Kopf gesenkt und hatte keine Arme, der Stein gelblichweiß, dahinter eine Hecke; eine andere war aus schwarzem Metall und hatte den Zeigefinger auf den Mund gelegt, als sinne sie über etwas nach; das Haar war nach hinten gebogen, die Augen leere Höhlen, auf der Stirn bildete sich ein Riss im Metall. Dazu die Blumen, die vielen Blumen überall, deren Blüten und Stengel sich aus dem Boden schoben. Und überall nicht enden wollendes Gezwitscher von Vögeln, Menschen in allen Teilen der Anlage, und irgendwo ihre Eltern, Alex wusste nicht, wo.

Der heute Morgen an der Zimmertür ihrer Mutter befestigte Zettel hatte Alex gesagt, dass die beiden wieder zusammen geschlafen hatten, dass das Ganze wieder von vorn anfing. *Alex, ich bin im Garden House, komm zum Frühstück rüber, nimm dir notfalls ein Taxi, ich bezahle es, Gruß Mum xxx*, daneben eine Skizze, wie man zu Fuß dorthin kam. Es geht wieder los, dachte Alex mit dem Zettel in der Hand vor der Tür, jetzt geht das wieder von vorn los.

Die sollten sich endlich mal entscheiden, sagte sie sich im Stillen, genau dasselbe hatte sie beim vorigen Mal in der Schule zu ihrer Freundin Janice gesagt, als sie zusammen am Spielfeldrand standen. Die sind wie große Kinder, die sollten sich endlich mal entscheiden und mit den Spielchen aufhören. Manchmal kommt er spätabends noch vorbei, und sie schreien herum, es gibt Streit und jede Menge Türenschlagen, dann stürmt er entweder raus oder ist morgens noch da, und dann ist alles für ein paar Tage wieder in Ordnung. Manchmal ist sie, wenn ich aufstehe, auch zu ihm gegangen und hat mir einen Zettel hingelegt, dass ich unbedingt was frühstücken soll. Man würde doch meinen, sie sind alt genug zu wissen, was sie tun.

Wenn Alex es so sagte, zog sie es ein wenig ins Lächerliche, das half, und Janice wusste eh ziemlich genau, wovon sie sprach, weil ihre Eltern sich scheiden lassen hatten, als sie noch klein war. Wie sie zu Janice gesagt hatte, war es nach allem, was geschehen war, auch nicht schwer zu begreifen, warum sie so waren.

Das machte es allerdings nicht leichter, wenn man in den Frühstücksraum kam und peinlich berührt sehen musste, wie sie drüben am Fenster zusammen lachten, als ob sie richtig glücklich wären, Händchen hielten über ihren fettigen Tellern wie Teenager, sich sogar küssten, während die Leute im Raum alle zu ihnen hinsahen, und wenn man wusste, dass nun alles wieder von vorn anfing.

Ihre Eltern nahmen Alex erst wahr, als sie schon fast an ihrem Tisch stand. Wir haben uns schon gefragt, wann du eintrudelst, sagte ihre Mutter und schob sich die Haare aus dem Gesicht. Hol dir von dem Tisch da einen Stuhl rüber. Was möchtest du frühstücken?

Der Tisch war eigentlich nur für zwei Personen gedacht, und ihr Vater nahm mit seinen langen Beinen den Platz darunter fast völlig ein. Alex setzte sich gleichgültig an die Seite, es war ihr egal. Ihre Eltern waren dämlich.

Ich will eigentlich gar nichts, sagte sie.

Nimm doch auch Eier mit Speck, sagte ihr Vater. Alex zog einen Flunsch. Ihre Mutter stellte Teller übereinander und machte Platz. Iss lieber etwas, Alex, sagte sie.

Ich hab keinen Hunger.

Wie wär's mit Toast?, sagte ihr Vater. Toast und Marmelade.

Ich möchte nichts, sagte Alex und sah zu Boden.

Tja, sagte ihr Vater. Wenn sie nichts möchte, dann möchte sie nichts.

Alex, führ dich nicht so unerwachsen auf, sagte ihre Mutter. Sie bekommt dasselbe Frühstück wie wir, ruf die Kellnerin und bestell es ihr.

Nein, sagte Alex, ich möchte kein warmes Frühstück, mir wird sonst nur schlecht. Ich nehm ein bisschen Toast, das geht schon.

Oder ein Croissant? *Avec du beurre et de confiture de, du –* wie heißen Erdbeeren?, sagte ihr Vater. Er war gut gelaunt. Na los, Alex, was ist das Wort?

Fraises, sagte Alex fast flüsternd.

Du musst etwas im Magen haben, wenn wir nachher mit dem Auto fahren, sagte ihre Mutter.

Alex sah sie an. Ich dachte, wir fahren mit dem Zug zurück. Bringt Dad uns nach Hause? Sie sah ihren Vater an.

Wir machen einen Ausflug, sagte ihr Vater.

Es gibt eine kleine Stadt, da wollte ich schon immer mal wieder hin, sagte ihre Mutter. Sie liegt in Kent, es sind nur zwei Stunden, höchstens drei, und dein Vater sagt, er fährt mit uns heute hin. Sie sah Alex' Vater an, sprach aber mit Alex. Es ist sehr hübsch da, sagte sie. Das letzte Mal war ich dort, als ich in deinem Alter war, ein bisschen älter vielleicht, näher an deiner Schwester. Es hat mir sehr gut gefallen.

Morgen fahr ich euch beide nach Hause, bis an die Haustür, sagte ihr Vater. Besser als der Zug, egal an welchem Tag.

Ich hab am Montag eine Prüfung, sagte Alex. Eine Kellnerin stellte ein Körbchen mit Croissants auf den Tisch, und ihr Vater nahm eins heraus und legte es Alex auf den Teller.

Es ist keine Prüfung, sondern nur eine Klassenarbeit, Alex, sagte ihre Mutter.

Aber ich wollte dafür lernen, sagte sie.

Wir fahren ja morgen nach Hause, du kannst morgen Abend lernen, sagte ihr Vater. Er wurde gereizt. Es wird Spaß machen. Es ist eine wunderschöne Gartenanlage, und deine Mutter möchte jedenfalls hin.

Alex betrachtete das Croissant, das dick und öde auf ihrem Teller lag. Darf ich mir dann wenigstens im Auto meine Bänder anhören?, fragte sie.

Nicht auf dem Walkman, sagte ihre Mutter.

So viele Bänder, wie du willst und so lange du willst. Aber im Rahmen, sagte ihr Vater.

Alex brach das Croissant mit den Fingern. Ihre Mutter reichte ihr die Butter herüber, aber sie verneinte kopfschüttelnd, sie wollte nur Marmelade, strich sich welche darauf. Sie nahm einen Bissen auf die Zunge und drückte ihn sich gegen den Gaumen, bis die Marmelade ihr an den Seiten über die Zunge und darunter lief. Sie war zu süß. Alex hatte Hunger, aber das wollte sie nicht.

Noch etwas, sagte die ältere Frau und tupfte sich die Stirn mit einem Taschentuch aus ihrer Handtasche ab. Wir verdanken es der Dame, die hier wohnte und diese eine alte Rose zog, dass sie wieder modern geworden ist, nur weil sie sich so um den Erhalt dieser Sorte bemühte, haben sich auch andere Gärtner wieder dafür interessiert und gemerkt, wie herrlich die ist. Das sind sie ja wirklich, nicht? Für diese wunderschönen alten Rosen hätte sie berühmt sein sollen, nicht für ihre Bücher. Sie hat eine jahrhundertealte Tradition, die wir beinahe verloren hätten, wiederbelebt, weißt du. Ihretwegen wissen wir jetzt, wie Rosen zu Shakespeares Zeiten waren. Sie waren wie die hier.

Es war heiß, sehr heiß. Alex brach der Schweiß aus. Mit welchem Recht war die alte Frau neben ihr eigentlich schon so alt? Mit welchem Recht hielt sie das Zeug, das sie redete, für wichtig? Nachdem sich die Frau ein bisschen wacklig von der Bank erhoben und auf Wiedersehen gesagt hatte und Alex ebenfalls auf Wiedersehen gesagt hatte, ohne sich anmerken zu lassen, was in ihrem Kopf vorging, nahm sie eine Rose in die Hand. Die Dornen dieser alten Rosen waren klein. Die Frau war außer Sichtweite, und Alex war vor Blicken geschützt. Sie schloss die Faust um die Blütenblätter und drehte sie aus dem Stiel heraus, alle miteinander. Dasselbe tat sie bei einer zweiten Blüte und passte auf, dass sie von niemandem beobachtet wurde.

Sie zerstörte alle Blumen, die sie zu fassen bekam, ohne Aufmerksamkeit zu erregen, und lehnte sich zurück. Blütenblätter bedeckten ihre Füße. Eines hatte sich in ihrer Hand unter einem Ring verklemmt und wurde an dem Knick schon schwarz. Das roch ganz nett, und als sie mit der Fingerspitze über das Blütenblatt strich, fühlte es sich an wie das Innere eines Hundeohrs. Zerpflückt rochen die Rosen noch besser, als wenn sie bloß am Strauch wuchsen.

Ihre Eltern steckten gerade die Köpfe zusammen, als Alex sie im Kräutergarten fand; ihr Vater legte den Arm um sie, und ihre Mutter gab ihr einen Kuss auf die Wange. Alles wird gut, flüsterte ihre Mutter ihr ins Ohr. Weißt du, was wir jetzt machen?, sagte ihr Vater. Wir machen eine Fahrt ins Blaue, suchen uns zum Mittagessen einen Pub. Sie liefen zusammen zum Parkplatz zurück, Alex in der Mitte.

Einen Pub hatten sie schnell gefunden; auf dem Schild vor der Tür stand Bitter vom Fass, englischer Käse, hausgemachte Speisen. Perfekt, sagte ihr Vater. Im Gastraum war es kühl, obwohl er gut besucht war und sie einen Tisch an der Seite nehmen mussten; in einem Regal mit einer Plexiglasfront direkt neben ihnen steckten zahlreiche Prospekte mit Hinweisen auf touristisch lohnende Ziele in der Umgebung.

Los, Alex, such du dir aus, was wir heute noch unternehmen, sagte ihr Vater und deutete auf die Prospekte. Ihre Mutter lächelte sie an und richtete ihr den Kragen. Alex zog ein paar Prospekte heraus, einen über Kent als Garten Englands, einen über die Ortschaft, in der sie gerade gewesen waren, einen über ein Schloss ganz in der Nähe und einen über ein Dorf, das nur wenige Meilen entfernt war. Der Prospekt klappte auf dem Tisch auf und enthielt auf der Innenseite eine Karte der Umgebung, auf der touristisch interessante Punkte markiert waren: Forellenfischen, öffentlicher Golfplatz, ein Weinberg, ein paar Brauereien und ein Wald. Ein ungewöhnliches Ortsschild markierte die Lage des Dorfs auf der Karte, eine lange Stange, darauf oben ein Mensch – nein, zwei –, eine aus zwei Menschen bestehende Gestalt stand auf der Stange, darüber der Ortsname.

Ihr Essen kam. Alex drehte den Prospekt herum; auf der Vorderseite waren ein Text und noch eine Abbildung der aus zwei Menschen bestehenden Gestalt. Das Bild brannte sich in ihr Hirn ein.

Eliza und Mary Chulkhurst – die Jungfrauen von Biddenden:
Eliza und Mary Chulkhurst waren an den Hüften und Schultern zusammengewachsen, als sie im Jahre 1100 geboren wurden, und lebten 34 Jahre, bevor die erste starb. Sich von ihr trennen

zu lassen lehnte ihre Schwester mit den Worten »Wir sind zusammen gekommen, wir werden auch zusammen gehen« ab und starb kurz darauf. Die Schwestern hinterließen ihr Land der Kirchengemeinde mit der Auflage, von den Erträgen den Armen und Bedürftigen Brot und Käse zu geben. Bis zum heutigen Tage wird am Ostermontag im Gebäude des Armenhauses ihrer guten Werke gedacht. Besucher des Orts können einen Doppelkeks erwerben, in den das Bildnis der Zwillingsschwestern geprägt ist.

Wäre das nicht ein lohnendes Ziel für unseren Ausflug?, fragte ihr Vater.

Nein, sagte Alex. Sie faltete den Prospekt zusammen. Es sieht grässlich aus. Sie schob sich den Prospekt unter den Oberschenkel. Als ob es da ganz langweilig wäre, sagte sie. Da will ich nicht hin.

Wie wär's dann mit dem Schloss hier? Ihr Vater griff, den Mund voll mit Brot, nach einem anderen Prospekt.

Alles in Ordnung mit dir, Alex?, fragte ihre Mutter. Du siehst blass aus.

Ich bin bestimmt bloß zu lange in der Sonne gewesen, sagte Alex.

Du hast heute Morgen nicht genug gefrühstückt, sagte ihre Mutter. Probier mal dein Mittagessen. Sieht nett aus. Meins schmeckt sehr gut.

Ja, okay, sagte Alex. Es geht gleich wieder.

Wenn du es nicht willst, bekomm ich mehr, sagte ihr Vater und wiederholte seine alte Scherznummer mit der Hand, die langsam auf ihren Teller zukroch. Alex schob ihm den Teller entgegen und stand auf. Ich bin gleich wieder da.

Sie schloss sich in der Toilettenkabine ein, obwohl sie nicht lange dort bleiben konnte, es gab nur zwei für den ganzen

Pub. Sie setzte sich auf den heruntergeklappten Klodeckel und schloss die Augen. Ihre Schwester war ihr eingefallen. Sie sah vor sich, wie sie über sie lachte. Es war ein Abend im Frühsommer, das Fenster stand offen, draußen lärmten Vögel, und sie lag auf dem Bett ihrer Schwester – es war eine Seltenheit, in Gills Zimmer reinkommen zu dürfen, nicht fortgeschickt zu werden, kein Streit, kein Geschrei und kein An-den-Haaren-Ziehen. Ihre Schwester rubbelte sich vor dem Spiegel die Haare trocken, weil sie ausgehen wollte. Was mache ich, sagte Alex, das Gesicht ins Kissen gedrückt, was mache ich, wenn er will. Ich weiß nicht, wie das geht, was muss ich denn machen?

Alex, wenn du es machst, merkst du dann schon, was du machen musst, das merkst du einfach, sagte Gill und sah sie im Spiegel an. Sie lag auf dem Bett und pulte am Kerzendocht herum, verdrehte die Augen, war verlegen, weil sie fragen musste, sogar schon beim Gedanken daran. Dann war Gill hinter ihr am Bett, nasses Haar kalt auf Alex' Hals, hatte sie auf den Rücken gedreht und gelacht, aber nicht hämisch, sagte, schau, ich zeig's dir, so, und küsste sie fest auf den Mund.

Siehst du, sagte Gill, so schwer ist gar nicht, davor braucht man keine Angst zu haben, du *kannst* das, Alex. Gill schüttelte die nassen Haare, Wasser tropfte auf sie herunter, Gill drückte ihr die Arme aufs Bett und lachte, sie lachten beide aus vollem Hals, und dann wartete draußen jemand auf das Freiwerden der Toilette, und Alex stand auf, spülte und zog den Riegel zurück.

Gill war zu kleinen Aschekrümeln verbrannt und verstreut worden. Alex sah vor sich die Eingangstür des Pubs und ging geradewegs hinaus, ließ die Tür leise hinter sich ins Schloss fallen, durchquerte den Parkplatz zu der schmalen Straße. Sie musste lange laufen, bis sie an eine Hauptstraße kam, ging dann auf dem grasbewachsenen Bankett weiter bis zu einer Tankstelle, in der es einen Shop gab, und kaufte sich einen Literkarton Orangensaft. Sie setzte sich im Schatten auf einen Stapel Steinplatten und trank den halben Karton in einem Zug.

Sie weinte inzwischen nicht mehr und wartete auf eine günstige Gelegenheit, damit sie sich mit der Bluse die Nase putzen konnte, aber an der Tankstelle war ein ständiges Kommen und Gehen. Drüben bei den Zapfsäulen stand ein kleiner Lastwagen; der Mann, der ihn betankt hatte, hängte den Zapfhahn ein und kam zum Shop herüber. Hallo, sagte er im Vorübergehen. Als er wieder herauskam, sagte er noch einmal was, aber der Verkehr auf der Straße übertönte alles. Der Mann kam da hin, wo sie saß, und blieb vor ihr stehen.

Ich sagte, sitzt du hier fest? Möchtest du irgendwohin mitgenommen werden?, fragte der Mann. Er hatte einen Bart und längeres, ungepflegtes Haar und trug eine Lederweste. Die Weste war mit jeder Menge Taschen besetzt, offenbar voll mit Zeug. Er sagte, er habe Tiefkühlkost geladen und fahre bis Brighton und Hove und dann wieder in die Stadt zurück. Alex überlegte kurz. So etwas sollte sie ja eigentlich nicht tun.

Ich würde gern meine Tante besuchen, sagte sie. Die wohnt in Brighton.

Wenn du willst, nehm ich dich bis dahin mit, sagte der Mann. Das geht schneller als laufen. Gepäck hast du wohl nicht?

Ich wollte nicht lange bleiben, eigentlich bloß mal kurz vorbeischauen, sagte Alex.

Eine Stippvisite, sagte der Mann. Er öffnete ihr die Beifahrertür. Die Frau an der Theke des Tankstellenshops beobachtete durchs Fenster, wie das Mädchen hinaufkletterte und der Mann ihr half, sie beobachtete, wie der Mann die Tür zuschlug und auf der anderen Seite einstieg, und mit gerecktem Hals sah sie auch noch, wie der Lastwagen von der Tankstelle wegfuhr.

Die Fahrerkabine des Lastwagens war mit Fähnchen und Stickern dekoriert, und der Geruch von Schweiß und Rauch hing in der Luft; überall lagen Kassetten, stapelten sich auf dem Armaturenbrett, steckten sogar seitlich neben dem Sitz, der so hoch war, dass Alex' Beine ein paar Zentimeter über dem Müll auf dem Boden baumelten. Als sie auf der Straße waren, griff der Mann nach oben und zog etwas hinter der Sonnenblende hervor. Sieh dir das mal an, sagte er zu Alex, und gab es ihr. Es war sein Pass, darin war ein Foto, auf dem er jünger aussah, und sein Name und sein Geburtsdatum.

Nein, weiter hinten, mach ruhig, sagte er. Alex blätterte den Pass durch. Die Seiten waren übersät von Stempeln fremder Länder.

Das sind ganz schön viele, sagte sie.

Ich war schon überall, sagte der Mann. In aller Herren Länder. Bei dem Job kommt man herum. Vor zwei Tagen war ich in Deutschland. Vorige Woche Deutschland, diese Woche Brighton, nächste Woche Nordfrankreich. Ich kenne alle Städte der Welt. Na ja, Europas.

Er schob eine Kassette in das Abspielgerät am Armaturenbrett, und Musik erfüllte die Kabine. Ich bin Rod-Stewart-Fan, rief er. Als ich in deinem Alter war, hatte ich alle Platten von ihm. Wie alt bist du?

Sechzehn, rief Alex und gab sich Mühe, älter auszusehen. Der Mann sah nicht mal hin.

Du weißt wahrscheinlich gar nicht, wer Rod Stewart ist.

Doch, ich hab schon von ihm gehört.

In welcher Ecke von Brighton wohnt deine Tante denn?, fragte der Mann.

Alex wusste über Brighton nur, dass es am Meer lag. Gleich am Meer, rief sie.

Dann führt sie wohl eins der Hotels da?, sagte der Mann.

Ja, sagte Alex zu laut in die Lücke zwischen dem Ende des einen Songs und dem Anfang des nächsten.

Welches ist es denn? Das Metro? Das Esplanade?

Alex sagte, keins von beiden, sie erinnere sich nicht an den Namen, erkenne es aber wieder, wenn sie es sehe. Der Mann wollte wissen, ob ihr Brighton gefiel. Ja, ganz gut, erwiderte sie.

Wie wär's, wenn ich dich im Zentrum rauslasse?, sagte der Mann. Das wäre toll, sagte Alex, ihre Tante wohne nicht weit davon entfernt. Der Mann drehte die Musik noch lauter und sang mit, ohne die Töne zu treffen. Bei den Songs, die ihm besonders gefielen, ließ er sich mitreißen und fuhr schneller, trommelte fast genau im Rhythmus mit den Händen aufs Lenkrad und das Armaturenbrett. Alex lehnte sich auf dem tiefen Sitz ganz zurück und sah aus dem Fenster. Auf ihrer Seite, fiel ihr auf, saß sonst eigentlich der Fahrer. Es war wohl ein Lastwagen aus Kontinentaleuropa. Man konnte den gesamten Verkehr überblicken, konnte meilenweit sehen.

Since you've been gone it's hard to carry on, sang der Mann und reichte Alex Schokolade rüber, die er aus einer Brusttasche gezogen hatte. Du rauchst nicht, nein?, fragte er. Sie schüttelte den Kopf. Vernünftig, sehr vernünftig, sagte er. Das hemmt das Wachstum, und du bist sowieso schon zu schmächtig. Fang gar nicht erst damit an. Er zündete sich eine Zigarette an und blies den Rauch von ihr weg zum Fenster neben seinem linken Arm hinaus.

Im dichten Verkehr des neuen Zentrums einer Stadt hielt der Mann mit dem Lastwagen in der Schlange vor einer Ampel, griff über Alex hinweg und öffnete die Tür. Sie schwang zur Straßenmitte auf. Zum Meer geht's da lang, sagte er. Weißt du, wie du gehen musst? Alex bejahte. Hier, sagte der Mann und kramte in einer Brusttasche. Er gab Alex den Rest der Schokolade und drei Zwanzigpence-Münzen.

Ruf jemanden an und sag Bescheid, wo du bist, sagte er.

Mach ich, sagte Alex. Sie sprang die tiefen Stufen von der Fahrerkabine zum Trittbrett und vom Trittbrett zur Straße hinunter, und der Mann zog die Tür heran. Die Ampel sprang um; der Lastwagen jaulte auf, und Alex ging im Luftzug seiner Vorbeifahrt auf Habacht. Sie stand mitten auf der Straße, eingekeilt zwischen dem schnellen Verkehr auf beiden Seiten. Der Himmel über ihr war zweigeteilt, halb hell, halb schwarz. Vögel hörte sie keine.

Liegestühle standen flach übereinandergestapelt auf dem Pier und durften laut einer Hinweistafel auch kostenlos benutzt werden, allerdings war eine lange Metallkette mit Vorhängeschloss hindurchgezogen. Das fand Alex sehr lustig. An einer Bude konnte man sich von einem Computer anhand einer Schriftprobe einiges über seinen Charakter erzählen lassen; neben der Bude stand ein bunter Zigeunerwagen mit einem Schild an der Tür: ZU VERMIETEN.

Alex schaute aufs Meer. Sie sah es auch durch die Ritzen zwischen den Holzplanken, auf denen sie ging, grün und schwer schwappte es gegen die Pfeiler des Piers. An bemalten Plakatwänden waren Löcher ausgeschnitten, in die man seinen Kopf stecken und sich fotografieren lassen konnte. Aus einem bestimmten Winkel betrachtet, waren die Gesicher von

Charles und Di oder von Victoria und Albert voller Meer-wasser.

Willkommen im Spieleparadies, hieß es auf dem Schild mit dem großen gemalten Clown darüber. Seine Fliege wanderte im Kreis um seinen Hals, und an einem Auge klappte ihm ständig das Lid auf und zu. Das Spieleparadies war voller Videospiele. Alex zog ihre Geldbörse hervor. Sie hatte ungefähr fünfundzwanzig Pfund; zehn von ihrer Mutter, zehn von ihrem Vater und fünf aus dem Kästchen, in dem sie in ihrem Zimmer Geld aufbewahrte, dazu noch das Wechselgeld, das sie beim Kauf des Orangensafts bekommen hatte. Und die sechzig Pence von dem Lastwagenfahrer. An der Wechselkasse wechselte sie einen Geldschein in eine schwere Handvoll Münzen. Sie probierte eine Trivia Machine aus und verlor mehrere Male, als sie raten sollte, welches Pferd zuerst kam; sie steckte ein Pfund in einen Spielautomaten und sah den sich drehenden Früchten zu. Dann kletterte sie auf einen Sitz, der wie bei einem Motorrad geformt war und einen Lenker und davor einen Bildschirm hatte, und raste mit hundert Meilen pro Stunde herum, wobei sie zweimal ums Leben kam und einmal bei einem Crash mit einem anderen Motorrad weit über die Fahrbahn hinausgeschleudert wurde. Sie belegte Platz zweiundneunzig und hätte ihre Initialen in die Bestenliste eintragen können, die auf dem Bildschirm angezeigt wurde, schaffte es aber nicht in der dafür zur Verfügung stehenden Zeit. Sie hatte nur noch wenige Zweipfundmünzen, da entdeckte sie die Cowboy-Video-Maschine.

Ein großer Bildschirm war vor einem sattelförmigen Sitz aufgebaut, an seiner rechten Seite hing ein Halfter mit einer Waffe darin. Alex zog die Waffe heraus, und eine Stimme forderte sie auf, ihr Glück mit ihrem Kumpel, der scharf schießenden Waffe, zu versuchen und die Stadt zu retten. Die Waffe in der Hand, las Alex die Spielanleitung. Es ging darum, auf dem Sattel sitzen zu bleiben, wenn der sich wie ein Pferd bewegte, und auf die Gestalten zu feuern, die der Spieler vor sich auf dem Bildschirm erblickte, wo ein Film ablief. Wenn man sie erschoss, bevor man selber erschossen wurde, überlebte man. Man hatte drei Probeschüsse frei, danach musste man Schurken auf der Ranch, in der Bank, im Saloon und auf der Pferdekoppel zur Strecke bringen. Alex schob ihr Geld in den Schlitz und traf in ihrer zweiten Runde alle drei Probeflaschen. Die Geräusche von aufprallenden Kugeln und berstendem Glas ertönten aus einem Lautsprecher am oberen Bildschirmrand, und wenn man Menschen traf, hörte man sie stöhnen und umfallen.

Das Knifflige dabei war, dass man oft Unschuldige traf. Die Figuren kamen so schnell auf einen zu, dass man sich schwertat zu entscheiden, wen man erschießen sollte und wen nicht; Alex hatte mit ihren ersten Kugeln versehentlich schon die Frau mit der Krinoline und den freundlichen alten Herrn getötet. Doch je länger man spielte, desto besser wurde man, und Alex wechselte ihren zweiten Geldschein in zehn Münzen und steckte sie nacheinander in den Schlitz. Als auch dieses Geld alle war, rannte sie fast zu der mürrischen Frau an der Wechselkasse. Zwei Runden an der Cowboy-Maschine konnte sie sich noch leisten und behielt trotzdem genug übrig, dass sie sich anschließend etwas zu essen kaufen konnte.

Zwei Jungs, etwas älter als sie, spielten an ihrer Maschine, als sie wiederkam, und sie musste warten. Die beiden waren aber nicht sehr gut, sie zogen zu langsam, und ihre Runde war schnell vorbei, weil sie von dem Mann mit dem schwarzen Hut vor der Bank erschossen wurden. Als sie ein paar Schritte zurücktraten, nahm Alex schnell ihren Platz ein, bevor sich jemand anders auf den Sattel setzen konnte. Sie traf jetzt schon viel besser, hatte sich in der letzten halben Stunde gemerkt, wann sie wen an welchem Schauplatz töten musste, und in der Runde erzielte sie ein so gutes Ergebnis, dass die Maschine ihr Freiminuten und Zusatz-Banditen auf der Koppel gab und der alte Herr, den sie in der ersten Runde erschossen hatte, ihr vom Bildschirm herab gratulierte.

Die Jungs hatten ihr zugesehen; als Alex es merkte, war sie froh, dass sie es nicht gewusst hatte. Einer der beiden trat von hinten an sie heran. Das war große Klasse, sagte er.

Du warst ganz gut, sagte sein Freund und spie auf den Boden. Wo hast du so schießen gelernt?

Ich geb dir eine Runde aus, sagte der Erste, dann kannst du uns beweisen, dass das nicht bloß Zufall war. Das Haar fiel ihm über die Stirn, und er lächelte.

Von mir aus, sagte Alex.

Sie gewann mühelos. Der Junge schaffte es zwar, nicht erschossen zu werden, hatte aber schon am zweiten Schauplatz seine Kugeln alle aufgebraucht. Er nahm die Niederlage mit Würde auf. Diesmal hat du keine Freiminuten gekriegt, ich hab dich wohl aus dem Konzept gebracht. Los, Dave, spiel auch mal gegen sie, sie ist besser als ich.

Kommt nicht in Frage, sagte der andere, ich hab ja nicht den Hauch einer Chance.

Der Junge fragte Alex, ob sie an der Grand-Prix-Maschine gegen ihn spielen würde, damit er die Chance hätte, gegen sie zu gewinnen. Alex sagte nein, sie hätte kein Geld mehr und müsse jetzt sowieso gehen.

Na dann, bis irgendwann mal, sagte der Junge, als sie ging,

und der andere nickte ihr zu. Pass auf da draußen, rief der erste noch, es schüttet bald wie aus Eimern.

Alex verließ das Spieleparadies. Sie hatte sich gegen eine Maschine behauptet und zwei ältere Jungen beeindruckt; von allen Seiten hatten Menschen sie mit Waffen bedroht, aber sie hatte schnell reagiert und war vorbereitet gewesen. Sie rannte los und sprintete bis ans landseitige Ende des Piers, blieb dort stehen und beugte sich über die Seite. Sie war nicht einmal außer Atem, nur ihr Herz schlug schnell. Es braute sich etwas zusammen. Vom Meer zog ein Sturm heran, etwas Dunkles türmte sich über ihr auf, als trüge der Himmel eine schwarze Kapuze; der Pier und die Stadt waren in Grau getaucht. Ihr Herz klopfte so stark, dass es sie regelrecht durchschüttelte. Ein seltsamer Wind kam auf, der von hinten gegen sie drückte und zugleich an ihr zerrte. Dann landeten zwei Regentropfen auf ihrem Arm und rollten merklich kühl herab.

Schon drängten sich Menschen in die Türen der Hotels auf der anderen Straßenseite, spähten kleine Grüppchen unter den Buden auf dem Pier hervor himmelwärts. Dann lagen Blitze über dem ganzen Meer, erleuchteten es für einen Moment, und auf den Donner folgte eine Regenwand, die so fest auf dem Boden aufschlug, dass das Wasser zentimeterhoch über dem Pflaster schwebte.

Alex ging in dem Regen auf den Strand. Sie war die Einzige dort, und das Wasser lief ihr über den Nacken und das Rückgrat, glitt an ihren Haaren und ihren Nasenflügeln hinab, schlug ihr gegen die Beine und Schultern, troff von ihren Fingern. Von ihrem Platz am Strand sah sie durch das Regendunkel den Pier. Die Unterseite lag im Schatten, die dünnen Pfeiler sahen aus, als könnten sie jeden Augenblick umknicken und die ganze Konstruktion ins Meer reißen. Nur schemenhaft waren die Menschen dort oben noch zu erkennen, die sich dicht an die Seitenwände der Buden pressten und mit dem Nebenmann um jeden Zentimeter Trockenheit kämpften. Auf dem Strand spürte man die Schwere und die volle Wucht des Gewitters, war man dem Licht, das den schwarzen Himmel zerteilte, für einen Augenblick näher, es war aufregend, sogar schön, mittendrin zu sein.

DU ARSCHLOCH, schrie sie dem Meer zu. DU ARSCHLOCH. Sie entrang sich diese Worte mit aller Kraft. Dann wurde ihr schlagartig klar, dass Worte völlig belanglos waren. Das Meer brüllte sie an. Alex warf den Kopf in den Nacken und brüllte das Meer an.

DUAAA DUUUAAAAA

Ihr ganzer Körper bog und spannte sich mit dem Lärm, den sie machte; als er verklungen war, taten ihr sämtliche Muskeln weh. Das Meer anheulen, das machte Spaß. Sie staunte darüber, wie viel Spaß sogar, und lachte laut auf, aber auch das tat weh. Regen floss ihr in die Augen, lief ihr übers Gesicht in den Mund.

Sie holte so tief Luft, wie sie konnte, pumpte sich auf, bis es schmerzhaft wurde. Dann atmete sie aus, ganz langsam, hielt die Luft erst an und verströmte sie dann. So atmete sie, klein und durchnässt am Rand des Meers. Sie schätzte seine Weite mit den Augen. Folgte der gesamten Strecke vom leeren Horizont bis zu ihren Füßen auf den Steinen.

Ich lerne, sagte sie sich. Das tat sie gerade: lernen.

Beängstigend

Am frühen Abend warteten Tom und ich auf unseren Anschluss. Wir saßen im Bahnhofscafé und bestellten einen Kaffee nach dem anderen, weil wir uns nicht genötigt fühlen wollten, hinauszugehen und auf dem kalten Bahnsteig zu warten.

Tom und ich waren zwar erst seit einem guten Monat zusammen, aber ich mochte ihn. Er war ungewöhnlich zärtlich im Bett, und mir gefiel, wie er küsste: kräftig und bestimmt. Jetzt sollte ich eine Frau, mit der er seit vielen Jahren befreundet war – Zoë –, und ihren Partner Richard kennenlernen; wir hatten ausgemacht, dass wir hinfahren und mit ihnen in ihrer Wohnung in Greenwich zu Abend essen, dort übernachten und am Morgen mit dem Frühzug zurückfahren. Dass ich Zoë nun endlich mal zu Gesicht bekäme, wäre für mich ganz toll, Zoë sei wunderbar, sie würde mir gefallen. Ich würde ihr gefallen. Und Tom freute sich darauf, Richard kennenzulernen, von dem er schon so viel gehört hatte. Wir saßen in dem Café, und mir war übel. Unser Zug hatte Verspätung, Tom klopfte mit dem Löffel an seine leere Tasse. Er hatte noch die Arbeitssachen an, in denen sah er sehr gut aus.

Draußen war es schon dunkel und sehr kalt. Wir saßen in der Nähe der Cafétür, damit Tom den Zug sehen konnte, wenn er einlief, und jedes Mal, wenn die Tür aufging, bekam ich einen Stoß kalter Luft in den Nacken. Ein Mann, der keine Jacke anhatte, kam herein, blieb an unserem Tisch stehen und sagte, er habe kein Geld mehr, weil jemand ihm die Jacke gestohlen hatte, aber er müsse nach London. Ob wir ihm das

Geld leihen würden oder wenigstens einen Teil?, fragte er. Dieselbe Geschichte erzählte er reihum an allen Tischen. Draußen fuhr ein leerer Zug am Bahnsteig ein, und Tom knöpfte seinen Mantel zu. Ich machte mich auch fertig. Der soeben an Bahnsteig 4 eingelaufene Zug, sagte der Ansager, endet hier, bitte alle aussteigen. Die Zugtüren glitten auf. Es stieg niemand aus oder ein. Die Türen gingen wieder zu, und der Zug fuhr davon. Tom sah auf seine Armbanduhr.

Der Mann ohne Jacke führte an einem Tisch im hinteren Teil des Cafés Selbstgespräche; dem Klang seiner Stimme nach zu urteilen wurde er immer zorniger. Ein Bahnangestellter in einem blauen Anzug kam aus dem Büro hinter der Kasse, und schließlich ging der Mann hinaus, stieß die Tür mit dem Unterarm auf und brummelte vor sich hin. Der Bahnangestellte erhob die Stimme. Es klang wie eine Rechtfertigung. Wir müssen vorsichtig sein, sagte er. Vorige Woche hat sich so eine in die Damentoilette geschlichen, sie hat die Tür verriegelt und die ganze Nacht da drin gegessen und sich die Seele aus dem Leib geschrien. Wir haben sie erst um zwei Uhr nachts wieder herausbekommen, wir mussten die Kabine auseinanderschrauben.

Ich sah Tom an. Die Muskeln an seinem Hals, direkt am Hemdkragen. Wir sprachen darüber, wie schrecklich es war, dass es so viele Obdachlose gab. Nein, eigentlich ist es beängstigend, wirklich beängstigend, sagte ich. Ich meine, das ist doch so ein Unterschied zwischen heute und früher, nicht? Ich wüsste nicht, dass ich als Kind jemals Bettler auf der Straße gesehen hätte oder überhaupt wen, der Geld gebraucht und auf diese Art darum gebeten hätte.

Mm, sagte Tom.

Außer wenn meine Mutter und ich mit dem Zug nach

Aberdeen gefahren sind, damit sie zu Marks and Spencer's gehen kann, sagte ich. Da hat immer ein alter Mann auf der Straße gesessen, er hatte nur ein Bein oder nur ein Auge, und Akkordeon gespielt. Sie hat mir immer etwas gegeben, das hab ich ihm dann in den Hut geworfen.

Wahrscheinlich ein Kriegsversehrter, sagte Tom.

In den Sechzigern?

Ja, wahrscheinlich, Ende der Sechziger hat man die noch öfter gesehen, sagte Tom.

Ich kam mir immer vor wie ein reiches Kind in einem Märchen, sagte ich, oder wie eins der Kinder in dem Mary-Poppins-Film, das der alten Frau Geld gegeben hat, damit sie die Vögel füttern kann. Ich hatte meine besten Sachen an, wenn wir nach Aberdeen gefahren sind, und wenn ich das Geld in den Hut geworfen hab, dachte ich immer, ich würde es jemandem geben, der zu einer anderen Gattung Mensch gehört als ich.

Gab's da, wo du gewohnt hast, kein Marks and Spencer's?

Erst in den Achtzigern, sagte ich und erzählte ihm von den Bussen, die nach der Eröffnung kostenlos zwischen den Dörfern in den Highlands und unserer Stadt verkehrten, damit die Leute in das neue Einkaufszentrum kommen konnten. Tom sollte wissen, dass ich nicht dumm war. Natürlich, sagte ich weiter, führten die kostenlosen Busse dazu, dass niemand mehr an seinem Wohnort einkaufte. Die Geschäfte dort machten alle zu. Und dann verkehrten die Busse nicht mehr kostenlos, und die Leute mussten dafür bezahlen, dass sie für ihre Einkäufe meilenweit fahren mussten.

Ah ja, sagte Tom und nickte. Er war in einem Vorort von London aufgewachsen; er finde es toll, hatte er mal gesagt, wenn ich von meiner Kindheit in einer Wüstung erzählte. Von wegen Wüstung, sagte ich an unserem ersten Sonntagnachmittag, das Kinn auf seiner Brust. Wo ich herkomme, das ist nicht verschwunden, das war die ganze Zeit da. Heute gibt's dort sogar ein McDonald's.

Ich hab vielleicht einen Hunger, sagte Tom in dem Bahnhofscafé, als wir auf den Zug warteten. Er schaukelte auf seinem Stuhl hin und her und reckte und streckte sich. Die Frau am Nachbartisch sah zu ihm herüber.

Jetzt mal ehrlich, sagte ich ernst und in dem Wissen, dass der Blick der Frau auf uns ruhte. Ging es dir nicht so, dass du früher dachtest, alles sei viel besser geworden und würde sogar noch besser werden?

Tom schaute verständnislos.

Und sieh es dir jetzt an, sagte ich. Sieh dir uns an. Sieh dir den Mann an, der hier war. Es ist vollkommen hoffnungslos. Nicht mehr lange, und die Leute können sich nicht mehr leisten, die Heizung anzustellen. Oder krank zu werden.

Genau genommen, sagte Tom, kann ich mich an so was überhaupt nicht erinnern. Du darfst nicht vergessen, ich gehöre zu einer anderen Schicht. Ihr habt euch in den Sechzigern und Siebzigern Aufstiegshoffnungen gemacht. Wir waren viel weniger gut dran als die anderen in unserer Straße. Klar, wir hatten ein Haus und ein Auto, aber das zu halten war für meinen Vater eine ganz schöne Schufterei. Bei uns kamen ständig bloß Kartoffeln auf den Tisch. Manchmal gab's fast keine Weihnachtsgeschenke.

Stimmt, sagte ich, ja, das ist etwas ganz anderes.

Unser Zug wurde mit einer Entschuldigung für die Verspätung angesagt. Es war einer der neuen Pendelzüge mit frischen Sitzpolstern und Drucken von Landschaften in Ostengland an den Wänden. In der Reihe, in die wir uns setzten, waren die

Sitze kaputt, und wir wechselten in den nächsten Wagenteil hinter die Trennwand aus Plastik. Der Zug war losgefahren, und wir hatten es fast nicht gemerkt, er fuhr sehr ruhig. Hier riecht es nach Erbrochenem, sagte Tom. Als er es ausgesprochen hatte, roch ich es auch, schwach süßlich. Wir wechselten in den nächsten Wagenteil.

Auf der Strecke nach London hielten wir im Dunkeln an und blieben stehen; durch die Fenster war nichts zu erkennen, und eine ganze Weile tat sich gar nichts. Ein Mann weiter hinten im Abteil begann an die Tür zu treten, vor der er stand. Der Zugführer ist wahrscheinlich betrunken, sagte Tom. Es ist schließlich bald Weihnachten. Die ältere Frau in dem schicken Mantel gegenüber hob die Augenbrauen und lächelte. Ich musste an den Vater des Mädchens denken, das in unserer Straße wohnte, als ich klein war; er war Lokführer und ständig betrunken, und wenn er auf dem Fahrrad nach Hause kam, die Mütze auf dem Hinterkopf und das Gesicht rot wie eine reife Tomate, fuhr er auf der Straße Schlangenlinien. Er war ein netter Mann, baute in seinem Gewächshaus Tomaten an und Erbsen und Wicken in Töpfen an einem Spalier am Gartenweg. Er verlor seine Arbeit, wurde danach krank und starb. Ich war schon drauf und dran, Tom von dem Vater des Mädchens zu erzählen, wollte aus irgendeinem Grund aber nicht. Warum, weiß ich nicht, denn eigentlich kannten wir das beide, arbeitslose Väter. Meiner hatte seine Dachdeckerfirma verloren, nachdem die Zahl seiner Angestellten erst von dreißig auf neun und dann auf zwei geschrumpft war, bis er Mitte der Achtziger schließlich Insolvenz anmelden musste. Dann brannte sein Partner mit der Leiter durch und machte ihm mit einer eigenen Firma Konkurrenz. Toms Vater hatte als Vertreter für eine pharmazeutische Firma gearbeitet, bis die Firma die Hälfte ihrer Vertreter freisetzte. Jetzt verbrachte er seine Zeit damit, mit dem Boot vor Englands Küsten herumzufahren. Tom hatte mir erzählt, sein Vater spiele ihm jedes Mal, wenn er nach Hause komme, ein neues Video von Meer und Land vor.

Zoë und Richard wohnten in einem großen alten Haus, das Richard gehörte. Eng umschlungen öffneten sie uns die Tür. Richard schüttelte mir die Hand, und Zoë schloss Tom in die Arme; sie freuten sich offenbar über das Wiedersehen. Mir legte Zoë die Hand auf den Arm und sagte, sie sei entzückt.

Ich weiß noch, dass ich dachte, sie sieht müde aus, weiß aber nicht mehr, ob ich auch etwas sagte, denn ich hatte kaum die Schwelle übertreten, als mein Blick notgedrungen auf das riesige Foto fiel. Es nahm fast den gesamten Platz der Wand ein, die wir in ihrer Diele vor uns hatten: das En-face-Foto eines Jungen im Teenageralter mit langem, mädchenhaft blondem Haar. Das Foto maß gute zwei Meter in der Höhe und einen guten Meter in der Breite und war beleuchtet, als ob in seinem Rahmen eine Lichtleitung verkabelt wäre. Es erleuchtete die ganze Diele. Ich kannte den Jungen, einen Sänger oder Filmstar, sein Name fiel mir aber partout nicht ein. Das Bild war gewaltig. Er war wunderschön.

Im ganzen Wohnzimmer – an den Wänden aufgehängt, auf dem Kaminsims stehend – waren Fotos desselben Jungen mit der golden schimmernden Haut; nur sein Haar war auf den verschiedenen Fotos unterschiedlich lang. Auf einem blickte er über einen Motorradlenker hinweg in die Kamera. Auf einem anderen sah er aus, als schlafe er. Von einer gerahmten Strichzeichnung über dem Kamin blickte dasselbe Gesicht zu uns auf dem Sofa herüber. Als ich die Hand zu meinem Glas ausstreckte, sah ich, dass die Untersetzer ebenfalls Fotos des

Jungen waren. Später entdeckte ich zwischen den Fotos auf dem Kaminsims noch andere Personen, eins zeigte Elizabeth Taylor mit ungefähr zwanzig.

Wann können wir essen, Miss Smart?, fragte Richard Zoë.

Das Essen ist so gut wie fertig, Mr Jackson, erwiderte Zoë.

Die beiden lächelten sich zu.

Ja, wir haben uns ein wenig verspätet, bitte entschuldigt, sagte Tom. Der Anschlusszug in Stevenage kam erst nicht und hat dann auf freier Strecke plötzlich gehalten, ohne jegliche Erklärung, und zwanzig Minuten gestanden.

Einfach gestanden!, sagte Zoë.

Ja, zwanzig Minuten. Es ging keinen Meter vorwärts, sagte Tom.

Und, Linda, hast du Shirley MacLaine mal kennengelernt?, fragte Richard mich.

Nein, sagte ich. Schwenkte das Eis in meinem Glas. Ich hatte nicht die leiseste Ahnung, wovon er sprach.

Ihre Lebenserinnerungen erscheinen doch aber bei deinem Verlag, nicht?, sagte Zoë.

Oh, ja, glaub schon, sagte ich, aber ich lektoriere nur in der Sparte Wissenschaft.

Ah ja, sagte Richard.

Wir lachten alle. Tom und Zoë unterhielten sich über Leute, die sie an der Universität gekannt hatten. Richard erzählte mir von der Gelegenheit, bei der er mal mit Salman Rushdie zusammengetroffen war und von dem Date, das er beinahe einmal mit Debbie Harry gehabt hätte. Von ihr stand auch ein Foto auf dem Kaminsims.

Date ist das höfliche Wort dafür, sagte er.

Ich lachte höflich.

Als ich im Licht des riesigen Fotos in der Diele nach oben

ging, waren dort noch mehr Bilder des schönen blonden Jünglings. Gerahmte Fotos von ihm hingen die ganze Treppe hinauf; Richard und Zoë hatten sie genauso gestuft aufgehängt wie mein Vater die gerahmten Fotos von Oldtimern, die meine Mutter einmal aus einem Kalender ausgeschnitten hatte. Einmal waren wir zu Weihnachten morgens aufgestanden, und sie hingen da, säumten die Treppe. Wir hielten es für das Höchste an gutem Geschmack.

Der Ausdruck des Jungen war sogar schwermütig, wenn er lächelte; unglücklich sah er von jedem Porträtfoto herab, und genau deswegen, dämmerte es mir, wirkte der Raum unten so bedrückend. Auf dem Treppenabsatz im Obergeschoss war er in verschiedenen Altern abgelichtet: jung und einschüchternd, fast cherubinisch hübsch auf einem Foto im Kreis anderer Jungen; als attraktiver Teenager zu Pferd auf dem nächsten; mit Anfang zwanzig und überraschend elend aussehend, den Pullover bis über den Mund heraufgezogen auf dem dritten. Auf allen war der Ausdruck dunkel-sinnlich und ernst. Ich drückte die Badtür auf. Mit den drei Schwarzweißporträts über der Wanne wirkte es ein bisschen wie ein Frisiersalon. Trotzdem fiel mir der Name erst wieder ein, als Tom Zoë beim Essen damit aufzog, dass sie ihre Fixierung, wie er es nannte, offenbar noch nicht überwunden habe.

Komm schon, Zoë, worum geht's hier eigentlich? Ist schon ein bisschen viel, das alles, sagte er.

Zoës Blick verdüsterte sich. Sie sah auf das Essen auf ihrem Teller. Richard sah Tom streng an.

Gib's zu, sagte Tom lachend, ohne etwas zu merken. Du bist noch ein Teenager, was? Diese jugendliche Schwärmerei ist nur ein bisschen ausgeartet und zu einem Wahn geworden. Zu einem Religionsersatz. Ist es nicht so? Ich meine, sieh dir dieses Zeug an. Wie kriegst du es hin, dass Richard sich das bieten lässt? Eine Sucht, nicht?

Eine Träne fiel in Zoës Pasta. Richard legte die Gabel hin und straffte die Schultern vor Tom.

Du kapierst es nicht, was?, sagte er. Da bist du nicht der Einzige. Mit Sucht hatte das nichts zu tun, weder sein Leben noch sein Tod. Er hat das reinste Leben geführt, das man sich denken kann. Ich behaupte nicht, dass er nicht manchmal was ausprobiert hat, wer tut das heute nicht? Hab ich auch schon gemacht. Aber ich würde das, was ich getan habe, nicht als Sucht bezeichnen. Genauso wenig wie das, was er getan hat. Dass sein Tod ein Unfall war, steht für alle fest, die sich auskennen.

Tom schaute verdattert. Mir war inzwischen eingefallen, wer River Phoenix war; sein Tod lag erst einen guten Monat zurück, und sämtliche Wochenendbeilagen hatten Artikel über sein Doppelleben gebracht. Trauert ihr um ihn?, fragte ich. Hängen hier deshalb die vielen Fotos?

Wir trauern um ihn, ja, sagte Richard. Aber die Fotos hatten wir schon lange vor seinem Tod aufgehängt. Es geht hier nicht um seinen Tod. Genau genommen ändert sein Tod nichts an dem, was er uns bedeutet.

River Phoenix ist tot?, sagte Tom.

Das ist einer der Gründe, warum Richard und ich überhaupt zusammengekommen sind, sagte Zoë mit vor Gefühl brüchiger Stimme. Wir waren uns beide darin einig, dass River ein wunderbarer Mensch war.

Und ein ganz großer Schauspieler, sagte Richard.

Wann ist er denn gestorben?, sagte Tom. Was ist passiert?

Zoë schob den Stuhl zurück und ging hinaus. Tom sah ihr erschrocken nach.

Ich weiß, er ist ein ganz Großer, sagte Richard. Denn wenn ich einen seiner Filme sehe, wenn ich im Kino sitze und ihn sehe, sogar wenn es bloß auf dem kleinen Bildschirm ist, merke ich, dass mein Verstand nicht hinreicht, zu begreifen, was mir da geschenkt wird. Weißt du, was ich meine? Ich sitze da und hätte am liebsten zweimal und dreimal so viele Augen, am liebsten überall am Körper, und ich hätte am liebsten überall Ohren, damit ich alles so aufnehmen kann, wie man es eigentlich müsste.

Zoë kam wieder, putzte sich die Nase in ein rosa Papiertaschentuch und ging zur anderen Seite des Zimmers. Sie beugte sich hinter den Fernseher, kam mit einer kleinen Schachtel an den Tisch zurück und leerte sie mitten zwischen Salatdressing und Salz- und Pfeffermühle aus. Es war jede Menge glänzendes Plastik: Buttons, runde Plättchen mit Schlüsselringen daran, kleine Bilderrahmen aus Plastik. In allen befanden sich Fotos von River Phoenix zu verschiedenen Zeiten seines Lebens.

Zoë, alles in Ordnung mit dir?, sagte Tom.

Zoë verteilte die Gegenstände über den Tisch. Seht euch die an, sagte sie. Die finde ich am besten.

Es waren kleine in Form gepresste Doppelwände mit Türen: sie stellte sie auf und öffnete die Türen. Von innen schaute der tote Star heraus.

Die baut Zoë selber zusammen, erklärte Richard. Wir verschicken sie zu Hunderten. Die Bestellungen kommen von überall, aus der ganzen Welt. Wir berechnen nicht viel, nur genug, um die Kosten zu decken.

Vorige Woche haben wir einen Brief aus Australien bekommen, sagte Zoë. Wir kriegen regelmäßig Post aus der ganzen Welt.

Vorigen Monat, sagte Richard, kam sogar ein Brief aus Polen. Die lechzen nach Informationen, egal ob Zeitungsausschnitte und Videos oder diese hübschen Sachen hier. Und wir geben den Newsletter heraus. *River Drift*. Das machen wir seit, wann war das, Schatz? Den hat er sogar selber gelesen. Das wissen wir, weil das Management des amerikanischen Fanclubs sich gemeldet und uns alles Gute gewünscht hat. Er habe ihm gefallen, haben sie gesagt, und lasse herzlich grüßen.

September neunzehnhundertneunundachtzig, sagte Zoë. Sie hatte sich wieder gefangen. Sie zeigte uns den Aktenschrank neben dem Bücherregal, die eine Hälfte mit Briefen von Abonnenten und Unterstützern, die andere mit Bildern und Artikeln gefüllt. Zeigte uns das Regal mit den Videos, den Filmen und Interviews, den Unterhaltungssendungen und Fernsehberichten, die sie aus aller Welt zusammengetragen hatten.

Inzwischen haben wir in fast allen Ländern Leute sitzen, die Sachen für uns aufnehmen, sagte Richard. Aber klar, seit Ende Oktober haben wir sehr viel zu tun, sehr, sehr viel.

Ich kann es immer noch nicht glauben, sagte Zoë. In einer anderen Welt, nicht mehr hier. Ich kann es immer noch nicht glauben.

Ich sagte, sie sollten ihren Newsletter *Der nächste Planet* nennen, wenn er jetzt in einer anderen Welt war. Zoë schrieb es sich auf. Wie zu erwarten haben viele auch schon *Phoenix aus der Asche* vorgeschlagen, wir haben uns aber noch nicht entschieden.

Nach dem Essen ließen Richard und Zoë uns allein und räumten ab. Ich wollte mit Tom sprechen, aber er schaltete im gleichen Augenblick den Fernseher ein. Sie hatten dreißig Kanäle auf ihrem Apparat, und als Richard herüberkam und die Likörgläser einräumte, zeigte er Tom, wie er, wenn er keine Sendung fand, die ihn interessierte, auf Teletext umschalten konnte. Wir konnten nachsehen, was sich an der Börse tat, oder unsere Horoskope auf Spanisch lesen. Oder auf Deutsch, Französisch oder Italienisch. Wir konnten herausfinden, was auf den Tag genau heute vor zwanzig Jahren in den Charts war, wenn wir Lust hatten.

Wortlos zappte Tom die Kanäle durch. Schließlich blieb er bei einer Sendung, für die Zuschauer selbst aufgenommene kurze Videoclips einschicken, auf denen sie irgendeinen Blödsinn machen, und das Fernsehen zahlt ihnen etwas, wenn sie es senden. Ein Mann saß an einem für eine Party gedeckten Tisch, sein Stuhl stand aber direkt neben einem Swimmingpool. In den fiel er bestimmt jeden Moment hinein. Das Studiopublikum brüllte vor Lachen. Tom drückte irgendetwas, und über dem laufenden Programm erschien ein Text. Darin ging es um einen Prozess, bei dem Leute vor Gericht standen, die ein Mädchen gefoltert hatten. Ich hatte den ersten Absatz noch nicht ganz zu Ende gelesen, als schon der nächste Text erschien. In dem ging es um ein Pärchen aus Liverpool, das fünf Jahre lang heimlich Aufnahmen von Tierquälerei in Spanien gemacht hatte. In einer geplanten Dokumentation über die beiden würde man Ausschnitte aus ihren Filmen sehen, in denen Stiere und Kühe vor einer jubelnden Menge aufgespießt und eine Ziege von der Spitze eines Kirchturms geworfen wurde.

Die Sendung mit den Zuschauervideos, der lustigen Musik und dem Studiopublikum ging hinter den Texten weiter. Die Meldung über die Tiere hatte ich inzwischen dreimal komplett gelesen und hätte auch gern noch einmal den Text über die Ermordung des Mädchens gesehen. Doch als ich Tom bat, mir kurz die Fernbedienung zu geben, warf er mir einen seltsamen Blick zu, als wolle er mir etwas Wichtiges sagen, könne aber nicht, weil Richard und Zoë es womöglich mithören konnten. Er klickte den Text weg. Nun rannten auf dem Privatvideo von irgendwem drei Frauen mittleren Alters los, um den bei einer Hochzeit geworfenen Brautstrauß zu fangen, stießen aber zusammen und fielen hin. Das Studiopublikum grölte. Ich lachte auch. Ich konnte nicht anders, es war komisch.

Später saß Tom im Gästezimmer auf dem Bett und stützte den Kopf in die Hände. Durch die Wand hörten wir Richard und Zoë sich unterhalten und lachen. Toms Miene blieb versteinert, bis ich die Arme um ihn legte.

Was für ein Abend, sagte er. Was für ein entsetzlicher Abend. Nicht zu glauben, wie unhöflich der war. Ich fasse es nicht.

Er hatte die Stimme gedämpft. Ich lehnte mich an das Kopfende des Betts und ließ ihn reden.

Hast du gesehen, wie der mich übergangen hat?, sagte er. Wie der mir ständig ins Wort gefallen ist? Jede Frage von ihm war an dich gerichtet, Linda. Alles, was er gesagt hat. Und genauso jedes Mal, wenn ich was zu Zoë gesagt hab. Unterbrechen, Themenwechsel, unterbrechen, Themenwechsel. Herrgott! Ich wusste nicht, dass Leute so kindisch sein können.

Ich stand auf, trat ans Fenster und sah hinaus auf die nasse Straße. Tom lamentierte weiter darüber, wie ungehobelt Richard gewesen war.

Ich meine, ich hatte mir wirklich vorgenommen, ihn sympathisch zu finden, sagte er. Ich war darauf eingestellt, den Mann sympathisch zu finden. Aber wenn einer so unverhohlen unverschämt ist! Hast du gesehen, wie oft ich ein Gespräch beginnen wollte und er mich übergangen hat? Zoë und ich konnten uns gar nicht richtig unterhalten. Der Mistkerl, der elende.

Tom ging schließlich duschen. Ich hatte eigentlich keine Lust, mich auszuziehen oder bettfertig zu machen; ich blieb am Fenster stehen und sah hinaus, und auf einmal lief ein Fuchs über die Straße. Ich wusste natürlich, dass es in der Londoner Innenstadt Füchse gab, ich hatte Fernsehberichte darüber gesehen, aber nun sah ich zum ersten Mal in meinem Leben selber einen.

Der Fuchs war ganz schön groß, etwa so wie ein mittelgroßer Hund; er kam aus dem Garten vor dem Haus direkt gegenüber gehuscht und überquerte die Straße in meine Richtung. Es herrschte kein Verkehr, nur im Hintergrund hörte man das übrige London. Den Fuchs schien der Lärm nicht zu stören. Lässig lief er über die Straße, blieb stehen und schnupperte in der Luft, entschied sich, wie er weitergehen wollte, und wandte sich nach links. Ich sah noch, wie er direkt unter mir in die Dunkelheit zwischen den Plastik-Mülltonnen und der zerbrochenen Säule an der Vorderseite des Nebenhauses entschwand.

Als ich mich umwandte, stand Tom direkt hinter mir, die Haare nass und ein Handtuch um die Schultern. Ich legte den Arm um ihn, und er hielt meine Hand fest.

Ich hab mich bloß schnell auf einen Kuss reingeschlichen, sagte er, aber sehr laut. Wir küssten uns, und er machte ein zufriedenes Geräusch. Ich komm gleich wieder und hol mir noch mehr, sagte er, und sogar sein Lachen war ein bisschen zu laut. Ich lachte auch.

Und als Tom wieder ins Bad ging, nahm ich meine Jacke und ging die Treppe hinunter. Machte so leise wie möglich die Haustür hinter mir zu und lief auf gut Glück in Richtung

U-Bahn. Es war schon sehr spät, aber ich hatte nicht so viel Angst, wie ich gedacht hatte, und nachdem ich die Hauptstraße gefunden hatte, war es einfach.

Es war kalt, und ich schlang mir den Schal so um, dass Mund und Nase bedeckt waren. Ich ging, als wäre ich ein Junge, wie es mir ein Freund einmal gezeigt hatte. Auf die Art ist es unwahrscheinlich, dass man auf der Straße überfallen wird. Auf dem Bahnsteig der U-Bahn sah ich stur an allen Leuten vorbei, und in der U-Bahn und auf dem Gehweg hielt ich den Blick gesenkt. Auf dem Weg zum Bahnhof kam ich an dem ganzen Müll vorbei, den die Läden zum Einsammeln auf den Bürgersteig gestellt hatten. Weggeworfene halbe Hamburger lagen auf der Straße. Bis auf einen Spielsalon hatte nichts mehr offen; ich musste sehr dicht an einem Mann in einem Anorak vorbeigehen, der den Türsteher obszön beschimpfte, weil er ihm den Eingang in den Spielsalon versperrte. Der Türsteher tat, als merkte er es nicht. Dann sah ich, dass der Mann sabberte und in ein tragbares Radio schrie, das er sich vor den Mund hielt. Von seiner Spucke hatten sich kleine Pfützen vor seinen Füßen gebildet.

Ich erwischte den letzten Zug, der an dem Abend in London abfuhr. Damit kam ich ohne Umsteigen bis nach Hause, und er war pünktlich. Es war wieder ein neuer Zug, aber in meinem Wagen funktionierte die Heizung nicht. Neben meinem Kopf hatte jemand sorgfältig ein kleines Hakenkreuz in die Fensterscheibe geritzt.

Auf der anderen Seite des Gangs saß eine Frau, dem Aussehen nach in den Fünfzigern oder vielleicht Vierzigern. Sie hatte einen großen Rucksack neben sich stehen, der eingerissen und aus Stoff war, die Sorte, wie Kletterer sie benutzen; obendrauf war ein Wanderstock gebunden. Als die Frau zu mir herüberlächelte, sah ich, wie derb die Haut ihres Gesichts geworden war. Die Frau hob ein Stück Zeitung vom Boden auf und versuchte zu lesen, gab aber gleich wieder auf und breitete sich die Zeitung über die Beine, steckte sie seitlich unter ihrem Mantel fest. Dabei lächelte sie mir zu. In den anderen Wagen, sagte sie, ist es bestimmt viel zu heiß. Hier sind wir besser dran.

Ich lächelte nickend zurück und setzte meine Kopfhörer auf, zog meine Lieblingskassette heraus, Brazil Classics 2, und las den Covertext, bevor ich die Hülle wieder in die Tasche steckte. Diese Musik, hieß es dort, ist eine respektvolle Feier unserer Sinne und unserer lebensspendenden Kraft – und ein Gebet an die Erde, unser aller Mutter. Den Hintern bewegen heißt, sich der Gefährdung unserer Umwelt bewusst zu sein.

Ich legte die Füße auf die Sitzbank gegenüber und machte die Augen zu. Wir rasten im Dunkeln zwischen Kleinstädten dahin. Ich schob die Hände in die Ärmel, um sie zu wärmen.

Unglaublich, aber wahr

Tut mir leid, Junge, aber hier wohnt niemand, der so heißt.

Der Mann legte auf, blieb in der Telefonzelle stehen und atmete langsam aus. Unvermittelt befand er sich wieder in London, es breitete sich wie Kreise im Wasser um ihn aus mit seinen schäbigen verwitterten Geschäften, seinen Straßen, die in andere nichtssagende Straßen mündeten, seinen anonymen Häusern, grau, so weit das Auge reichte. Jemand klopfte an die Scheibe, eine Frau, die unter ihrem Schirm ein finsteres Gesicht zog und hinter der, sah er beim Herauskommen, noch andere Leute anstanden. Er überquerte die Straße und blieb vor einem Rundfunkgeschäft stehen, in dessen Auslagen sämtliche Fernseher eine Sendung des Tagesprogramms übertrugen, in der ein Moderatorenduo und ein Experte über ein Thema diskutieren und die Zuschauer anrufen und ihre Meinung dazu sagen können. Das war der Moment, in dem er den Laden betrat und innerhalb weniger Minuten mehrere Fernsehgeräte zertrümmert hatte.

Jetzt fuhr der Mann zu schnell für sein Auto, er hörte das Klappern und Ächzen trotz der eingelegten Kassette mit den Corries, der einzigen, die er im Handschuhfach gefunden hatte. Zusätzlich zu dem Lärm hatte er ein Geräusch im Ohr, das klang, wie wenn man mit einem nassen Finger den Rand eines Glases nachzieht. Ja, dachte er, genau so hörte es sich an. Als ginge man in einen Raum voller Weingläser. Nichts als Weingläser von einem Ende bis zum anderen, man stelle sich vor. Beträte man so einen Raum, wäre die Versuchung, mit dem Bein auszuholen, doch übermächtig. Es wäre wie in seiner Kindheit, als sie die McGuinness besuchten und er die Untertasse und die Tasse mit dem feinen Henkel gereicht bekam und der Rand der Tasse, als er sie an die Lippen führte, so dünn war, dass es ein Leichtes gewesen wäre, ihn durchzubeißen. So etwas hatte man kaum gedacht, da wollte man es schon ausprobieren. Der Drang in seinem Arm, kurz zu zucken und den Tee in die Luft zu befördern. Seine Eltern hätten darüber gelacht. Zuerst hätten sie vielleicht geschimpft, hinterher aber wäre es unvergesslich gewesen.

In das Rundfunkgeschäft war er hineingegangen, um den Passanten nicht im Weg zu stehen. Schicke neue Fernsehapparate waren direkt vor ihm aufgereiht, die kleineren oben im Regal, die größeren in der Mitte und die mit den riesigen Breitwandschirmen auf Metallständern auf dem Boden. Bis auf zwei zeigten alle dasselbe Bild, und einer lief mit Ton; der Moderator drängte einen Anrufer aus der Leitung, um den nächsten dranzunehmen. Die Frau, die er abwimmelte, hatte anscheinend gerade von einer unheilbaren Krankheit berichtet, die bei ihrer neunzehnjährigen Tochter diagnostiziert worden war, und der Experte, ein Mann mit Brille und angeblich Arzt, schüttelte vor der Kamera traurig den Kopf. Jedenfalls vielen Dank für Ihren Anruf, Yvonne, sagte der Moderator, wir hoffen, wir konnten Sie ein bisschen trösten und Ihre Tochter auch, und jetzt gehen wir weiter zu Tom, er ruft aus Coventry an und hat, wenn ich richtig informiert bin, gerade erfahren, dass er HIV-positiv ist, stimmt das, Tom? Die Lage Coventrys wurde durch ein Blinken auf einer Landkarte angezeigt.

Der Mann beugte sich vor und kippte den Fernseher direkt vor sich vom Regal; er landete krachend auf dem Apparat darunter. Der Bildschirm zerplatzte, und mit einer kleinen Explosion fielen sämtliche Fernseher im Geschäft aus. Bis die junge Frau, die gerade einen anderen Kunden bei den Videogeräten bediente, zur Ladentür kam, hatte der Mann ein tragbares Kassettenradio in den Bildschirm eines anderen Fernsehers geschleudert und einen kleineren Apparat angestupst, der daraufhin die ganze Reihe, die durch ein Stahlseil mit dem ersten verbunden war, mit sich herunterriss.

Entschuldigung, es ging nicht anders, sagte der Mann nur. Das sagte die Verkäuferin auch ihrem Chef, Mr Brewer. Noch bevor sie um Hilfe rufen oder irgendwas unternehmen konnte, war der Mann verschwunden – wohin, habe sie in ihrem Schock nicht gesehen. Dass der Mann vorm Gehen sogar noch in den Trümmerteilen stehen geblieben war und, während er sich entschuldigte, langsam und leserlich eine Anschrift und eine Telefonnummer auf ein Preisschild geschrieben hatte, sagte die Verkäuferin Mr Brewer nicht. Das Preisschild steckte zusammengefaltet hinten in der Hosentasche der Verkäuferin, die es an ihrem Körper spürte, als sie mit Mr Brewer sprach. Vielleicht hatte ihr der Mann ja nicht seine richtige Adresse gegeben. Das wollte sie lieber gar nicht wissen. Vielleicht aber doch. Das sollte jedoch Mr Brewer nicht wissen.

Seite zwei der Corries-Kassette war wieder zu Ende, und das Abspielgerät schaltete automatisch zu Seite eins zurück. Das letzte Straßenschild war vorbeigeflogen, bevor er erkennen konnte, wo er war. In der Mitte seines Lebens, mitten in einem dunklen Wald. Er erinnerte sich nicht, wo das her war. Auf der mittleren Spur der Autobahn mitten in der Nacht. An einer Tankstelle mitten im Nirgendwo mit einer Zigarette. Er hatte seinen Kaffee in der Hand und starrte ins Dunkel. Er sollte seine Frau anrufen, die waren vielleicht schon außer sich. Oder er probierte es noch mal bei der Nummer. An der Ausfahrt standen drei Telefonzellen. So einfach. Den Hörer abnehmen, die Münze einwerfen, die Nummer eintippen, die er in- und auswendig kannte, dann läutet dort im Dunkeln das Telefon. Aber um die Zeit? Er wollte niemanden wecken, das wäre nicht in Ordnung, und so trank er seinen Kaffee aus und ging zum Auto zurück.

Beim ersten Morgenlicht wechselten steiles Gefälle und plötzliche Anstiege auf der Straße so oft, dass er sich vorkam wie auf hoher See; die meiste Zeit konnte er nur im zweiten Gang fahren. Es war hell genug, dass er en passant das Wort Schottland an dem großen Felsen lesen konnte. Bei Pitlochry riss das Corries-Band mitten im Skye Boat Song. Schottland ist nur wenige Stunden lang, und es war zehn Uhr, als er es noch mal bei der Nummer probierte, diesmal von einem Telefonhäuschen in Sichtweite des Hauses.

Er hob den Hörer ab und tippte die Nummer ein, kniff die Augen zu und öffnete sie wieder, um die Benommenheit abzuschütteln. Der Garten, die Mauern, die Tür. Der Baum, viel größer. Die Wiese, die Hecke. Die nächste Tür. Der ganze Straßenzug. Der Himmel darüber. Das Bushäuschen, das Gras, wo das Bushäuschen an den Beton stieß, die kleinen Kerben in der Bordsteinkante, anders, genauso. Noch genauso, nur dass da hinten, wo das Feld gewesen war, neugebaute Häuser standen. Die Fenster der neuen Häuser mit ihren verschiedenen Vorhängen, alle in anderen Farben. Noch bevor jemand ans Telefon ging, wusste er es.

Nein, tut mir leid. Hör mal, Junge, warst du das nicht, der schon ein paarmal hier angerufen hat? Es tut mir leid, ich kann dir da nicht helfen, Junge. Hier wohnt niemand, der so heißt.

Ich weiß, sagte er. Ich rufe nicht mehr an. Tut mir wirklich leid, dass ich Sie belästigt habe. Das war dumm von mir.

Danach ging es aufs Geratewohl weiter. Schon bald kurvte er die feuchten grünen Achterbahnstraßen des Nordens entlang; nicht lange, und er merkte, dass das in Edinburgh getankte Benzin fast alle war. Auf einer schmalen Schotterstraße an einem kleinen See blieb das Auto schließlich stehen. Der Mann kurbelte das Fenster herunter und hörte, als das Autogeräusch in seinen Ohren sich legte, Wasser und Vögel. Er öffnete die Tür und stieg aus. Unten am Strand hockte ein Kind wie ein Frosch auf den Steinen, die Haare hingen ihm ins Gesicht; weiter hinten stand ein weißgetünchtes großes Haus, das zu einem Gasthaus umgebaut, aber über den Winter geschlossen war. Ein verbeultes Schild auf dem Dach des Hauses trug die Aufschrift HIELAN HAME, darunter, in kleineren Buchstaben: BURGER, BAR-B-Q, TRADITIONELLE SCHOTTISCHE KÜCHE, LIZENSIERT. Hinter dem Haus eine Ansammlung von Bäumen, dahinter in der Ferne zwei Berge, die Gipfel noch schneebedeckt, dann der Himmel, leer.

Der Mann ging über die Steine und blieb bei den Abfällen am Wasserrand stehen. Die Autotür hinter ihm stand offen, der Motor klopfte beim Abkühlen. Ein Vogel sang in der grauen Luft. Kaltes Wasser schwappte ihm an den Seiten in die Schuhe.

Sie hatten Osterferien, und das Mädchen war draußen am Wasser und suchte nach Insekten oder guten Wurfsteinen. Wenn man große Steine umdrehte, waren da manchmal Asseln drunter, es hing davon ab, wie weit der Stein vom Wasser entfernt war. Genau gesagt handelte es sich um Mauerasseln. Das Mädchen hatte sich vorgenommen, Insekten für verschiedene

Experimente zu sammeln. Sie wollte sie Wettrennen machen lassen, außerdem wollte sie verschiedene Arten zusammen in eine Tupperware-Dose setzen und beobachten, welche Arten überlebten, wenn man sie im Wasser ließ. Vorigen Sommer hatte sie im Garten hinter dem Haus winzige Tunnel entdeckt und einen bis zu einer Ameisenkolonie im Misthaufen nachverfolgt. Um zu sehen, was dann passierte, hatte sie Domestos aus dem Küchenschrank draufgeschüttet. Zuerst bildete sich weißer Schaum, in dem einige Ameisen zappelten und lange brauchten, bis sie tot waren. Die anderen waren verrückt geworden und in alle Richtungen gerannt, manche mit weißen, wie Eiern aussehenden Dingern, die größer waren als sie selbst, auf dem Rücken. Die Ameisen hatten auf der anderen Seite des Misthaufens eine neue Kolonie errichtet, und sie hatte tagelang beobachtet, wie sie ihre alte Wohnung ausräumten. In langen Kolonnen trugen die Ameisen ihre Toten weg und legten sie in ordentlichen Haufen unter einen Rosenbusch. Es tat ihr sehr leid, dass sie das getan hatte. Dieses Jahr wollte sie wissenschaftlicher vorgehen, aber netter sein, außer zu den Wespen. Wenn die so dumm waren und in Marmeladengläser reinflogen und ertranken, waren sie selber schuld.

Hier war ein guter flacher Stein. Wie viele Male würde der wohl auf dem Wasser hüpfen? Sie richtete sich auf, um es auszuprobieren, da watete der Mann, der sein Auto mitten auf der Straße stehen gelassen hatte, in den Loch. Setzte sich drei, vier Meter vom Ufer entfernt ins Wasser. Dann kippte der Oberkörper des Mannes nach hinten, und er verschwand.

Sie rannte die Bucht entlang und suchte das Wasser ab, hörte irgendwo hinter sich ein Platschen und schaute zurück. Der Mann setzte sich wieder auf. Dem Aussehen nach war er vielleicht so alt wie ihr Onkel, und jetzt zog er irgendetwas aus der Tasche und hantierte damit herum. Im Näherkommen erkannte sie, dass er sich eine nasse Zigarette anzünden wollte.

Mister, Entschuldigung, sagte sie, aber Ihr Auto steht mitten auf der Straße, da kommt man nicht vorbei.

Der Mann schüttelte die Hand von sich weg, damit kein Wasser auf ein Streichholz tropfte.

Entschuldigung, Mister, aber ist es nicht bisschen kalt im Wasser? Ihre Streichhölzer sind sowieso pitschenass – meine Mutter hat ein Feuerzeug. Ich weiß, wo es ist.

Der Mann sah verlegen aus. Er kam wackelig auf die Beine und wischte sich die Haare aus dem Gesicht, stolperte dann durchs Seichte zurück ans Ufer. Das Wasser troff an ihm herab. Sie wusste nicht, ob sie Mister oder Sir zu ihm sagen sollte.

Sind Sie betrunken, Sir?

Nein, ich bin nicht betrunken, sagte der Mann lächelnd. Vom Wasser aus seinen Sachen bekamen die Steine dunkle Flecken. Wie alt bist du denn?, fragte er.

Das Mädchen hielt weiter Abstand. Ich bin neun, sagte sie. Meine Mutter sagt, ich soll nicht mit Fremden reden.

Da hat deine Mutter sehr recht. Ich habe eine Tochter in deinem Alter. Sie heißt Fiona, sagte der Mann, blickte auf seine Füße und erschauerte.

Ich hab Ihnen gesagt, es ist kalt, sagte das Mädchen. Sie drehte sich herum und wollte ihren Stein werfen.

Ich kann dir zeigen, wie man Steine hüpfen lässt, sagte der Mann.

Ich weiß, wie das geht, sagte das Mädchen mit einem abschätzigen Blick zu dem Mann. Sie ließ den Stein gekonnt über die Wasseroberfläche springen. Der Mann suchte bei seinen Füßen nach einem guten Stein für sich, und sie trat aus der Flugbahn der Tropfen, die von ihm wegspritzten, als er ihn warf.

Nicht so gut wie deiner, sagte der Mann. Du bist wirklich ein Ass.

Ich mach das ja auch jeden Tag, sagte das Mädchen, damit sich der Mann nicht so schlecht fühlte. Ich wohne hier, da geht das. Machen Sie hier Urlaub? Wo wohnen sie?

Das Gesicht des Mannes bekam eine komische Farbe. Als ich so alt war wie du, sagte er dann, habe ich nicht weit von hier gewohnt.

Sie klingen nicht sehr schottisch, sagte das Mädchen.

Ich wohne auch schon lange in London.

In London, sagte das Mädchen, würde sie auch gern wohnen, da sei sie mal gewesen und habe alles gesehen, was im Fernsehen immer gezeigt wird. Wenn sie groß sei, wolle sie auch beim Fernsehen arbeiten, bei den Sendungen über Tiere vielleicht. Wusste der Mann, fragte sie dann, dass die Bäume da drüben alle Terry Wogan gehörten?

Tatsächlich?

Ja, und das Land dort hinter dem Loch gehörte einem Mann aus Japan, aber von dem wusste sie den Namen nicht mehr.

Und wem gehört der Loch?, fragte der Mann.

Mir, sagte das Mädchen. Und meinem Vater gehört das Haus, und meine Mutter führt das Restaurant. Sind Sie arbeitslos? Mein Onkel ist arbeitslos geworden.

Der Mann erzählte dem Mädchen, nein, arbeitslos sei er nicht, er arbeite sogar, ob sie's glaube oder nicht, beim Fernsehen. Hatte sie schon mal von der Sendung *Unglaublich, aber wahr* gehört? Das Mädchen sagte, ihre Mutter sehe sich die an, glaube sie. Und dann, misstrauisch: Ich kenn Sie aus dem Fernsehen aber nicht.

Nein, sagte der Mann, ich bin auch nicht *im* Fernsehen. Ich arbeite im Hintergrund. Ich mache Verschiedenes, rufe die Leute an, die uns schreiben, und bitte sie, in die Sendung zu kommen und von dem Unglaublichen zu erzählen, das ihnen passiert ist, und so. Dann rechne ich aus, wie viel es kostet, wenn sie zu uns kommen, und entscheide, wie lange sie vor der Kamera reden dürfen.

Das Mädchen lauschte ehrfürchtig. Es war schon ein bisschen aufregend, mit jemandem zu sprechen, der vielleicht beim Fernsehen arbeitete. Sie war sich nicht sicher, ob das Wasser, das dem Mann übers Gesicht lief, aus seinen Augen oder seinen Haaren kam. Er sah sehr traurig aus und tat ihr plötzlich leid, auch wenn er nicht arbeitslos war. Sie beschloss, etwas dagegen zu unternehmen.

Möchten Sie mit rauf aufs Dach?, fragte sie den Mann.

Möchte ich was?

Möchten Sie mit rauf aufs Dach und ein paar Steine werfen? Ich weiß, wie man da ganz leicht hochklettern kann, sagte das Mädchen.

Der Mann verstaute die Steine, die das Mädchen auswählte, in den Taschen seiner nassen Jacke. Sie zeigte ihm, selbst leichtfüßig springend, wo er vom Dach des Kohleschuppens auf den Anbau klettern musste. Von dort konnte sich der Mann hinter ihr am Fallrohr der Dachrinne hochziehen.

Sie müssen leise sein, damit meine Mutter uns nicht hört, sagte das Mädchen. Die Aussicht ist toll, sogar an einem Tag wie heute, stimmt's?

Ja, flüsterte der Mann.

Das Mädchen zeigte auf das vielleicht sieben Meter entfernte HIELAN HAME-Schild. Sie konnte offenkundig gut werfen; an Hunderten von kleinen Dellen war die Farbe abgeblättert.

Für große Buchstaben gibt es zwei Punkte und für kleine fünf. Es gibt Bonuspunkte, wenn man ein c von schottisch trifft. Aber Sie haben so lange Arme, dass Sie von hier oben bestimmt sogar den Loch treffen, wenn Sie wollen, fügte sie voller Erwartung hinzu.

Stimmt, sagte der Mann. Er nahm einen Stein, so groß wie seine hohle Hand, und warf ihn. Lautlos segelte er durch die Luft und landete dann mit einem fernen Platsch im Wasser.

Ja!, rief das Mädchen. Ja! Volltreffer! Sie haben's geschafft. Bis zum Loch hat noch niemand geworfen. Sie hüpfte auf dem Dach herum. Der Mann schaute erst verdutzt und dann sehr zufrieden.

Anne-Marie!, rief ihre Mutter bei den dumpfen Erschütterungen. Anne-Marie, was hatte ich dir zu dem Dach gesagt? Komm sofort runter! Wenn du wieder auf das Schild wirfst, kannst du dich auf eine Ohrfeige gefasst machen.

Das Mädchen führte den Mann vom Dach herunter und passte auf, dass er an den richtigen Stellen auftrat. Ihre Mutter, anfangs verärgert, dass ein Fremder auf ihrem Dach herumstieg, war aber bald überrascht, ja hocherfreut, jemanden kennenzulernen, der bei *Unglaublich, aber wahr* arbeitete. Sie machte dem Mann Tee und einen Salat, entschuldigte sich dafür, dass das Restaurant geschlossen war und sie ihm nichts Besseres auftischen konnte, und trocknete ihm den Anzug. Er erzählte ihr, dass er im Grunde aus dieser Gegend stammte, aber schon eine Weile in England lebte. Sie höre es, sagte sie, an seinem Akzent. Da hatte er hier oben wohl seine Eltern besucht? Nein, die seien tot, beide schon ein paar Jahre. Er habe nur wieder mal herfahren wollen, sich die Gegend ansehen. Sie wollte wissen, wie er so nass geworden war. Er sei in den Loch gefallen, sagte er. Er betankte sein Auto aus einem Benzinkanister in der Garage und versprach dem Mädchen zum Abschied, ihr ein paar Autogramme von berühmten Moderatoren aus dem Kinderfernsehen zu besorgen, wenn er wieder zur Arbeit ging.

Einige Wochen später kam ein Päckchen an, adressiert an das Hielan Hame. Darin befanden sich ein Dankesbrief für die Mutter des Mädchens und mehrere Fotografien von Berühmtheiten, alle unterschrieben mit: Für Ann Marie mit guten Wünschen. Das Mädchen nahm sie in die Schule mit und zeigte sie allen ihren Freundinnen. Ihr Name war zwar überall falsch geschrieben, aber das störte kein bisschen.

Die sind von dem Mann, der in den Loch getroffen hat, erzählte sie ihren Freundinnen. Er arbeitet beim Fernsehen und war bei uns auf dem Dach.

Die Welt mit Liebe

An einem Tag, an dem es nach Regen aussieht und du zwischen Haltestellen in einer Stadt herumirrst, in der du dich nicht auskennst, triffst du auf der Straße eine Frau, die du seit fünfzehn Jahren nicht mehr gesehen hast, seit deiner Schulzeit nicht. Sie hat drei Kinder bei sich, eins davon ist sogar schon ziemlich alt, fast in dem Alter, in dem du damals mit ihr befreundet warst, ein Mädchen, das seiner Mutter von damals so ähnelt, dass ihr beide den Kopf schütteln müsst und lacht. Ihr seht gut aus, versichert ihr euch gegenseitig, sie fragt, was du beruflich machst, du fragst nach ihren Kindern, und sie sagt, sie habe eben ein Sweatshirt mit dem Namen der Stadt darauf für ihre Tochter gekauft (sie machen einen Tagesausflug), aber das will sie nicht anziehen, und es hat fast zwanzig Pfund gekostet. Die Tochter, dünn und mit entschlossener Miene, funkelt dich böse an: Wehe, du wagst es, etwas dazu zu sagen. Sie erinnert dich so sehr an das Mädchen, das du einst kanntest, dass dir sofort vor Augen steht, wie sie einmal die Gitarre eines Mitschülers zerschmettert, das heißt im Kunstraum zum Fenster hinausgeworfen hat. Und sie hatte einen Hund namens Rex, fällt dir ein. Die Gitarre, beschließt du, lässt du mal weg und erkundigst dich stattdessen nach dem Hund. Der ist vor zehn Jahren gestorben, teilt sie dir mit. Dann weiß keine von euch beiden weiter. Du willst dich schon verabschieden, da sagt sie plötzlich: Gott, Sam, erinnerst du dich noch an das eine Mal, als die Arche verrückt geworden ist?

Im ersten Moment weißt du nicht, wovon sie spricht, und

siehst im Geiste schon Tiere, die knurren und bellen, all die verschiedenen Arten, die sich anfauchen, und einen dicken Noah und seine Familie, die sich abmühen, den Lärm einzudämmen. Dann dämmert es dir, ja, natürlich, Gott, sagst du, das war ein Tag, was?, und während du weiter die Straße entlanggehst, zu deiner Verabredung schon zu spät kommst, fällt es dir ein, ist alles wieder da.

Die Französischlehrerin, von allen die Arche genannt, weil sie Mrs Flood hieß, sie mochte dich, mochte dich ganz besonders, du warst klug. Sie mochte dich so sehr, dass du ihren Unterricht gehasst hast, es gehasst hast, wenn sie dich aufrief, das tat sie ja immer mit einem Unterton, der besagte, du enttäuschst mich nicht, du gibst mir die Antwort, du weißt, was das bedeutet, du weißt, wie man das ausspricht. An dem Tag sprach sie dich vor allen deinen Freunden mit Sam an statt mit deinem vollen Namen, als ob ihr befreundet wärt, du hast dich geschämt, was fällt ihr ein. Was fällt ihr ein, dich herauszugreifen, was fällt ihr ein, dich vor den anderen als klug hinzustellen, du hast dich dann darauf verlegt, immer mal eine falsche Antwort zu geben, auf die Weise hatten die anderen Mädchen hinterher keinen Vorwand, dir das Leben schwer zu machen.

Mrs Flood, die im Singsang des Hochlandschottischen von der Schönheit der französischen Literatur schwärmte – sie graulte sich vor den Rauhbeinen vom Festland, ob Jungen oder Mädchen, graulte sich vor deiner Klasse, obwohl ihr die oberste Leistungsgruppe wart, sie war selber nicht viel älter als ihr, hatte die Haare über den Ohren zu Schnecken gedreht wie die Prinzessin in *Krieg der Sterne* und schaute immer wie ein scheues Reh, die Plastikreifen an ihrem Handgelenk klapperten, wenn sie das schöne Französisch in runden Buchstaben an die Tafel schrieb, *Écho parlant quand bruit on mène, Dessus rivière ou sus étang, Qui beauté eut trop plus qu'humaine*, mit dem Zeigestab auf die Verben zeigte, *j'aurais voulu pleurer*, schrieb sie, *mais je sentais mon cœur plus aride que le désert*, Sam, kannst du mir die Namen der Tempora nennen?, bat sie, und Sally Stewarts Freundin Donna puffte dir derb in den Rücken und flüsterte dir höhnisch ins Ohr, aha, wir sind schon bei *Sam*, jetzt heißt es *Sam*.

Erinnerst du dich an das eine Mal, als die Arche verrückt geworden ist? An dem Tag bist du ins Klassenzimmer gekommen, hast dich gesetzt, die Bücher hervorgeholt, alles wie immer, und sie hat am Fenster gestanden, hinausgestarrt auf den Sportplatz, sich nicht um den Geräuschpegel geschert, der mit jeder Minute, die verging, anstieg – zehn, fünfzehn, in denen euch allen klar wurde, dass sie euch vergessen hatte, dass sie sich nicht umdrehen und dass es heute kein Französisch geben würde. Es war der Tag, an dem ein Junge ein Knäuel Bindfaden mitgebracht hatte und die Schüler in den hinteren Reihen nach und nach ihre Bänke zusammenbanden, ein Netz aus Stricken knüpften, über die Gänge hinweg. Irgendwann hustete einer laut, dann machte ein anderer ein derbes Geräusch, und ihr alle habt erleichtert gelacht, doch die Arche rührte sich nicht, schien es nicht zu hören. Dann schlich Sally Stewart sich aus ihrer Bank nach vorn und stand da wie die Lehrerin, ihr alle habt gekichert, geprustet vor Lachen, doch die Arche drehte sich nicht um, und Sally wurde immer dreister, fasste die Sachen auf dem Lehrertisch an und schob sie hin und her.

Sie schlug das große schwarze Wörterbuch in der Mitte auf und ließ es mit dem Deckel nach unten auf den Tisch krachen. Die Arche drehte sich nicht um, tat keinen Mucks, nicht mal in dem Moment, und Sally Stewart blätterte das Buch durch und schrieb an die Tafel, erst *le pénis*, dann *le testicule, les organes génitaux*, wurde noch dreister und sagte im Lehrerton: Ich übernehme heute den Unterricht, da Mrs Flood nicht da ist. Wer kennt die Entsprechung für es mit jemandem machen? Wer kennt das Wort für Pariser?

Die Jungs grölten, pfiffen, brüllten, die Mädchen stießen spitze Schreie aus, irgendjemand, du weißt nicht mehr, wer, riss das Plakat mit dem Eiffelturm von der Wand und ließ es im Klassenraum herumgehen. Du hast mitgelacht, aber dir war auch bange, und dann hast du bemerkt, Laura Watt, die Neue, die drei Reihen vor dir saß, hat nicht gelacht, kein bisschen, sondern sich nur alles angesehen, ihr Blick ging hin und her zwischen Sally an der Tafel und der Frau am Fenster, der Arche, ihren Schulterblättern unter der Strickjacke, ihren Händen, die sie aufs Fensterbrett stützte, während sie einer Möwe zusah, die vom Barackendach zum Sportplatz segelte. Laura Watt, die Neue, sah sich alles unter ihrem geraden dunklen Pony hervor an, das Kinn auf die Hand und den Arm auf den Ellbogen gestützt. Dieselbe Laura, die dich, obwohl du sie kaum kanntest, einmal hatte sagen hören, dass dir ein Song gefiel, und daraufhin das ganze Album, Kate Bush, *The Kick Inside*, für dich auf Band überspielt und dir mit ihrer hübschen Handschrift den ganzen Text von der Plattenhülle abgeschrieben hatte, und das obwohl du sie kaum kanntest und noch nicht viel mit ihr gesprochen hattest. Das in der Kassettenhülle steckende Blatt Papier mit dem Text darauf roch seltsam, anders, so roch es offenbar bei ihr daheim oder in ihrem Zimmer, es war ein Duft, den du nicht verlieren wolltest, und darum hast du das Blatt Papier nur aufgefaltet, wenn du den Songtext unbedingt wissen musstest.

Dann drehte sich Mrs Flood herum, und es wurde mucks-
mäuschenstill. Sally Stewart, die Hand auf dem Wörterbuch,
erstarrte am Tisch. Nun war sie diejenige, die sich graulte, und
nicht Mrs Flood, die halb krächzend über die Wörter an der
Tafel lachte und herüberkam, Sally eine ziemlich sachte Kopf-
nuss verpasste und einen Schubs gab, zurück an ihren Platz.

Mrs Flood schob die Tafel ein Stück höher und las noch
einmal, was Sally geschrieben hatte. Sie setzte Akzente über
ein paar e, strich *les lettres françaises* durch und schrieb das
Wort *préservatif* darüber. Dann schob sie die Tafel ganz nach
oben und schrieb in Großbuchstaben, die Armreifen klapperten in der Stille, die Worte Die Welt mit Liebe betrachten.
Dann setzte sie sich an den Tisch.

Schreibt es euch auf, sagte sie, schreibt es euch alle auf. Die
Köpfe gesenkt, habt ihr Die Welt mit Liebe betrachten in eure
Arbeitshefte gepinselt, euch dann reihum angesehen und weiter die anderen Wörter von der Tafel abgeschrieben, Sallys Sex-
wörter aus dem Wörterbuch. Habt geschrieben, bis die Arche
das Wörterbuch mit einem Mal laut zuschlug und mit fester
Stimme sagte: Und jetzt raus. Los. Als niemand sich rührte,
sagte sie noch einmal: Macht, fort mit euch, verschwindet, und
da habt ihr, langsam und verunsichert, alle die Bücher einge-
packt und seid gegangen, die aus den hinteren Reihen mussten sich durch die zwischen den Bänken gezogenen Schnüre
hindurchwinden, und erst als ihr alle draußen auf dem Flur
wart, habt ihr die Augen aufgerissen, eure Freunde angeschaut
und Gesichter gezogen, als wolltet ihr Gott! sagen, habt euch
erst auf halber Treppe getraut, laut Gott! zu sagen, was sollte
das denn? Gelächter brach aus, und die ganze Klasse stürmte
wie wild die Treppe hinunter, mit einem solchen Lärm, dass
die Sekretärin aus dem Büro des Direktors kam, um nachzu-

sehen, was da vor sich ging, und ihr wurdet eingefangen und musstet bis zum Beginn der nächsten Stunde in der Halle auf dem Fußboden sitzen bleiben, und einige deiner Freundinnen wurden vom Direktor einzeln zu dem Vorkommnis befragt, du allerdings nicht. Mrs Flood wurde für drei Monate von der Schule beurlaubt, und als sie zurückkam, hattet ihr sie nicht mehr, obwohl du ihr auf dem Flur immer zugelächelt hast, auch wenn sie offenbar verrückt war. Und als dir das alles nach und nach wieder einfällt, fällt dir unweigerlich auch das ein, was du wirklich vergessen hattest, die dunkle Laura Watt und wie du ihr einmal sogar von der Schule nach Hause gefolgt bist, mit deinem Rennrad so viel Abstand gehalten hast, dass sie dich nicht sehen konnte, und beobachtet hast, wie sie zu einem Haus kam, einen Weg hinaufging und in der Jackentasche nach dem Schlüssel suchte, die Tür aufschloss und hinter sich zumachte, eine halbe Stunde hast du hinter einer Hecke auf der anderen Straßenseite gestanden und bist dann heimgeradelt, das Herz schlug dir bis zum Hals.

An Laura Watt dachtest du oft, war dir einmal aufgefallen. Du hattest dich selbst damit erschreckt, wie oft du an sie dachtest und auf welche Weise. Du dachtest mit Wörtern an sie, bei denen du unten am Rückgrat und tief im Unterleib etwas fühltest, was du nicht benennen konntest. Diese Wörter konntest du nicht mal vor dir selbst aussprechen, du hast sie in Listen in einem Notizbuch festgehalten und das Notizbuch in der Cluedo-Schachtel unter dem Bett aufbewahrt. Für den Fall, dass jemand es fand, hattest du FRANZÖSISCHVOKABELN auf den Deckel geschrieben und die Wörter für Hände, Arme, Schultern, Hals und Mund eingetragen. Die Wörter für Lippen, Zunge, Finger, Augen, Augenbrauen, für das Fuchsrot (von Haar) und den Fuchs (ein Witz). Wörter, die man nur

denken konnte, Wörter wie Liebkosungen, *les cuisses*. Schon
dieses Wort konnte dich drei Tage lang so fesseln, dass du
beim Abendessen Löcher in die Luft starrtest und deine Mutter
ter genervt fragte, was mit dir los sei, worauf du zornig sag-
test, was soll mit mir los sein, gar nichts, worauf dein Vater
und deine Mutter Blicke wechselten und den ganzen Abend
besonders nett zu dir waren.

Nachts, als alle schliefen, bist du dein Taschenwörterbuch
durchgegangen, Seite für Seite von A bis Z, und hast dir jedes Wort, das wichtig sein könnte, in dein Heft geschrieben:
*l'amie, l'amour, l'anarchie, l'anatomie, l'ange, être aux anges, an-
ticiper*. Deine Noten in Französisch sind sogar noch besser geworden, die neue Lehrerin, eine junge Frau aus Glasgow, die
ein bisschen wie Nana Mouskouri aussah, hat dir hinter vor-
gehaltener Hand gesagt, du seiest die Einzige, die den Kon-
junktiv richtig verwendet. Wenn es geschähe, schrieb sie an
die Tafel. Ihr habt alle mitgeschrieben, du hast die gesenkten
Köpfe beobachtet, den Kopf drei Reihen vor dir, ihr habt die
Wörter alle mitgeschrieben. Wenn ich sagte. Wenn du wüss-
test.

Zuletzt warst du in Französisch Klassenbeste und hast als
Einzige der ganzen Schule die Note A für die Abschlussarbeit
gekriegt, hast den Schulpreis deiner Jahrgangsstufe bekommen und dir *The Virgin and the Gypsy* von D. H. Lawrence
ausgesucht, weil da Nackte auf dem Umschlag abgebildet
waren und du und deine Freundinnen sich schon auf das Gesicht des Schulvorstehers freuten, wenn er dir das Buch am
Abend der Preisverleihung überreichen musste. Doch der
Schulvorsteher war bei der Feier ein bisschen beschwipst, ver-
tauschte die Blätter seiner Rede und brachte die Reihenfolge
der Preise durcheinander; als du im Beifall aller auf die Bühne

gerufen wurdest, überreichte er dir ein Buch mit dem Titel *Am Steuer kleiner Yachten*, und hinterher musstest du wie die anderen auch herumrennen und versuchen, das richtige Buch und den Besitzer des für dich bestimmten Preises zu finden.

Laura Watts spielte bei der Preisverleihung Geige, sie war spitze in Musik und wollte das auch an der Universität studieren. Einer unserer Musiklehrer begleitete sie am Klavier, sie spielte ein Stück von Mozart, unglaublich, dachtest du, wie flink und routiniert ihre Finger über die Saiten glitten und was für Stromstöße die Musik durch deinen Leib schickte, sie war echt gut, alle haben geklatscht, du hast so laut geklatscht, wie du konntest, wolltest ihr anschließend sagen, wie toll es war, bist hin zu ihr, und sie hat dir das Buch gezeigt, das der Schulvorsteher ihr überreicht hatte, einen *Atlas tropischer Fische*. Ich habe keine tropischen Fische, sagte sie, ich hatte mir einen Roman von Agatha Christie ausgesucht. Ihr habt beide gelacht, und du hast zu ihr gesagt, jedenfalls gut gemacht, sie hat gelächelt und gesagt, du aber auch, du bist schrecklich gut in Französisch, nicht? Du hast die Augen niedergeschlagen, warst schüchtern und hast dich ertappt gefühlt, wolltest lachen oder irgendwas, hast gesagt, ja, glaub schon.

Vergiss das also nicht, wenn du jetzt stehen bleibst, im Regen, und lachst, die Hände vor dem Mund, dich an die Mauer eines grauen Bürogebäudes in dieser wunderschönen Stadt lehnst. Schau dir noch einmal an, wo du dich befindest, und staune, vergiss ihn nicht, diesen ersten Abend vor Jahren, du bist mit deinem Buchpreis unter dem Arm dann gegangen, ihre Musik noch heiß in deinem Leib, und hast überall auf dem Heimweg die Bäume gesehen, die Stelle, wo das Laub aus den Zweigen spross, und das Gras, das die Pflastersteine unter deinen Füßen säumte, die schäbigen Laternenpfähle, die sich von der Erde in den Frühabendhimmel reckten; du bist stehen geblieben und hast dich auf den Bordstein gesetzt, wo du gerade warst, zwischen zwei Autos, sie waren dir vertraut, die Räder, der Geruch des Öls, der Rinnstein neben dir, voller Abfall, die löchrige Straßendecke und der über dir ausgebreitete Himmel mit den dahinziehenden Wolken, und für jede Einzelheit, die du in der Welt um dich herum wahrnahmst, fiel dir das Wort in einer anderen Sprache ein, wie Quecksilber schimmernd.